約束的場所

約束
された
場所で

Underground 2

癒しを求めた彼
らはなぜ無差別殺
人に行着いたのか?
オウム信者への
インタビューと
河合隼雄氏との
対話によって
現代の闇に迫る。

地下鐵事件2

村上春樹
賴明珠——譯

約束的場所

目錄

前言 007

採訪 019

「這說不定真的是奧姆幹的」狩野浩之 020

「配合諾斯特拉達姆斯大預言做生涯規劃」波村秋生 047

「對我來說，尊師應該是最終能為我解答疑問的人」寺畑多聞 067

「這簡直就是人體實驗了嘛」增谷 始 093

「老實說，我的前世是個男人」神田美由紀 113

CONTENTS

「當時我想，如果留在這裡的話一定會死掉。」細井真一 137
「麻原曾經向我強求性關係」岩倉晴美 161
「看到審判中麻原的言行，真想吐」高橋英利 182
與河合隼雄的對話 205
關於《地下鐵事件》 206
懷著「惡」活下去 229
後記 253

這是我睡著的時候，
人家承諾給我的地方。
可是當我醒來時卻又被剝奪了。

這是誰也不知道的地方。
在這裡，船和星星的名字，
已經飄到伸手摸不著的遠方。

山不再是山，
太陽不再是太陽。
到底原來是什麼樣的東西？也漸漸想不起來。

我注視自己，看著我額頭上，
一點昏暗中的光輝。
過去我不缺什麼，過去我還年輕……。

現在我覺得這些似乎很重要，
我的聲音彷彿能傳到你耳中。
而這裡的風雨，似乎永遠不會停止。

馬克・史特蘭德，〈一個老人在自己的死亡中醒來〉

「前言」

前言

一九九七年三月（事件發生後正好兩年），我蒐集了地下鐵事件被害者及其遺族的證言，發表了《地下鐵事件》（*Underground*）這本書。在序文中我曾經說過，寫這本書的動機，是因為有關地下鐵沙林事件一般受害者的具體事實報導太少——而且幾乎都是採取同樣的切入方式——至於其他資訊則都沒有對世間發表。至少我自己就深深有這種感覺。

早晨在擁擠的地下鐵車廂內，沒有任何前兆之下就被沙林毒氣撲來，事實上是怎麼一回事呢？那讓每一位被害者的生活和意識產生什麼樣的變化（或沒有影響）？身為一個小說家，我想知道，也覺得我們身為「市民」（最近這似乎已經變成不太受歡迎的用語了）應該有必要知道得更清楚才對。並不是以知識，而是以一種真實感覺。以肌膚之痛，以打動內心的悲傷。首先，如果不從這種日常的地點開始的話，地下鐵沙林事件對我們到底是什麼，或所謂奧姆真理教對我們來說到底是什麼？這透視觀點（perspective）無法立體凸顯出來。

我並不打算站在「健全的」被害者立場彈劾「不健全的」加害者，我不是在這種已經被定型的動機下開始寫的，目的也不是為了追求這事件所牽涉的社會正義。當然我也認為，這世上需要在這明確目的下寫出來的書。但至少那不是我所追求的。我所追求的，不是建立一個明確的觀點，而是許多明確的觀點——為了讀者也為了我自己——提供作成這文章所必須的「材料」。這基本上和我在寫小說時所追求的目標一樣。

老實說，在執筆寫《地下鐵事件》時，我有一個原則，決心盡可能不蒐集奧姆方面的資訊。因為，好不容易腦子裡沒裝進世間一般的資訊（老實說正當奧姆真理教相關事件在大眾媒體上報導得最熱烈的那段時期，我幾乎大多住在美國，換句話說是處於資訊蚊帳外面），如果可能的話，我希望仍處於這種無垢的白紙狀態去採訪。換句話說，我想盡可能處於和一九九五年三月二十日被害者同一個立場。也就是在莫名其妙之下，受到莫名其妙事物的致命性襲擊——這樣的立場。因此有關《地下鐵事件》，我刻意排除所謂奧姆方面的觀點。如果把這帶進去的話，觀點可能會模糊掉。我只想避免在當時抱著「我可以了解這邊的想法，也某種程度可以理解那邊的想法」這種搖擺不定的姿態。

雖然因此受到一部分人批評為「觀點偏向一方」，不過攝影鏡頭的位置固定在一個地方，是我做為原點所刻意設定的原則，因此那樣的批評，我想並不能成立為對本書有效的評論。對我所採訪的人，我想寫「精神上互相貼近」的書（這當然並不意味站在支持的立場），而是想把他們當時的感覺，當時的想法，盡可能寫出有生命的文章。我認為以這種方式服務社會是做為一個文筆家＝小說家，在那個時間點應該負起的任務。絕不是要徹底排除奧姆真理教所擁有的，正負兩面的宗教意義和社會意義。

不過在這件工作結束後，書出版了，種種波折過去，事情告一段落後，我心中有一個疑問逐漸膨脹起來：「奧姆真理教到底是什麼？」以我來說，本來為了讓資訊的不平衡能夠恢復正常，所以集中蒐集被害者方面所陳述的事實，然而在這種作業總算達成、事情告一段落之後，接下來卻逐漸產生「我們對奧姆方面，到底**真的**得到**正確**資訊了嗎？」

在《地下鐵事件》中，所謂奧姆真理教團的存在，被當作是在沒有任何預兆之下唐突地襲擊而來的「實體不明的威脅＝黑箱」來掌握，接下來這黑箱的內容呢，我也某種程度想打開來看看。而且我想這內容由於與前一本《地下鐵事件》書中所提出的透視觀點做比較對照，換句話說，由於解剖分析其中的異質性和同質性，而可以獲得更具深度的完整觀點。

另外一點，我之所以會想從「奧姆方面」正面著手採訪，是因為一直深深感到「結果，即使會引起那樣嚴重的事件，卻完全沒有去解決引起事件的根本問題」的危機感。被所謂日本社會這個主流體系所排除在外的這些人（尤其是年輕階層），日本並沒有一個有效而正常的次要體系＝安全網可以容納他們，這種現實情況在事件發生後並沒有任何改變。只要這種本質性、重大缺陷在我們社會上仍然像個黑洞般繼續存在，就算現在奧姆真理教這個集團潰散了，仍然會有同類組成的吸引體──奧姆式的團體──不知何時還會出現，又再引起另一次同樣的事件也不一定。我在做這次採訪之前就一直感到這種不安，採訪結束後的現在，尤其有這種強烈的真實感（比方一連串中學生的「兇殺」事件，我想或許也可以當成這種後奧姆狀況的一環來掌握）。

因此我獲得一個結論，就是只能也採取和《地下鐵事件》基本上同樣的形式，聽取並記錄奧姆真理教信徒（或目前已退出教團的原信徒）的心情和主張。唯有這樣做，我才能在更深一層的地方以妥善的形式獲得我最初希望得到「公正疑問」的平衡。

然而要找到肯答應我採訪的奧姆真理教信徒（或原信徒），比找到肯答應我採訪的地下鐵沙林事件受害者，在另一種意義上更不簡單。到底應該用什麼基準來選奧姆信徒（原信徒）呢？也就是說，到底什麼樣的人可以稱為「一般、標準的奧姆信徒」呢？有些這種比較根本性的疑問。誰又能判斷這些是正確的樣本呢？此外，就算能順利找到這些人，信徒方面的話如果源源本本記下來，結果豈不變成類似宗教上的片面宣傳嗎？也有這種危險。這是否合適？

不過如果從一開始就想太多的話，事情會無法解決。於是我決定，總之一開頭先試著採訪幾個人看看，然後再來考慮吧。老實說這種態度的調整，在我採訪被害者時也一樣。

答應接受採訪的奧姆信徒（原信徒），是透過《文藝春秋》編輯部有關管道代為尋找的。採訪程序基本上沿襲與《地下鐵事件》相同的方式。總之盡量花長時間進行採訪。形式上是由這邊提出問題，由對方針對問題盡可能隨心所欲地談。一次大約花三小時到四小時。錄音帶整理成文章後的原稿，讀給本人聽並請對方檢查。因為不想讓發言的自發性消失，因此盡量不動手修改，不過與事實不符的部分，或容易引起誤解的表現則請對方訂正。削除一些「這個寫成文章還是不太妙」或添加「這件事很重要可是採訪時忘了說」的部分。並且在「這樣ＯＫ」的許可下，才印成活字發表。名字希望盡可能用真名，但有時則因應對方的要求使用假名。是真名或假名，在文中沒有註明。這個條件在徵求同意採訪時，已經事先明確地向對方確認過了。

然後對於所談內容是否事實，除了知道是明顯與事實矛盾時之外，基本上並不加以一一求證。關於這一點或許有人有異議，但我的工作是聽取人們的談話，將所談的話盡可能化為容易閱讀的文章。其中或許有一些與事實不一致的地方（例如記憶本來就是不安定的，如果要加以理論性定義的話，那不過是事實的個人重新組合而已），在這種個人故事累積而成的「集合故事」中，應該含有一個強有力的明確真實性。那是我們小說家每天痛切體驗到的事。我把這想成是小說家的工作，是基於這樣的文脈之下。

本來《地下鐵事件》中被害者的採訪，和這次與奧姆相關人士的採訪，內容上、型態上並不完全一樣。兩者之間最大的不同，在於這次身為採訪者的我，對於對方的發言，常常插入我自己的意見，有時會提出疑問或異議。在《地下鐵事件》的採訪中，我盡可能徹底保持沉默，特別留意不在文章中出現自己的色彩和意見，但這次——只是比較上——則刻意稍微出現一點。雖然留意不要太過分，但我還是覺得有必要這樣表明我的態度。怎麼說呢，被採訪者的發言有時容易流於說教，如果放任不管的話，為了採訪的平衡來說也明顯的不適當。這是與被害者的採訪最大的不同。

但有一點我要事先加以說明，我既不是宗教專家，也不是社會學家，對這方面也不熟悉。只是一個單純而缺乏教養的小說家（我相信世間多數人已經知道這並不是我美麗的謙虛之詞）。我所擁有的宗教知識只不過像完全外行加上一點點皮毛的程度而已。因此要和信仰堅定的宗教實踐者一起爭論教義的話，我在這狹小的戰場上可能不太有勝算。在剛開始進行信徒採訪時，老實說我並不是沒有這種憂慮。不過我想「就算是這樣也沒關係」。我想如果遇到不懂的地方時，只要說「這個我不太懂」，如果覺得「這種想法不是普遍一般人有的」時，只能坦白說「這個不管理論上怎麼說，可是我想一般人可能很難理解」。而且實際上我就是這樣做。並不是為反對而說的。我想與其隨便用專門用語敷衍幾句「嗯，是啊，我懂了」讓話頭順利發展下去，不如從基本初步的地方就明白說「請等一下。這是什麼意思？」把話題一一挖掘出來，這樣的對談似乎比較正常。

不過大致說來，我感覺以互相交換的方式，在常識性、一般層次的意見・見解方面，彼此想說的話倒能充分溝通，被採訪者的基本想法我大致也能理解（當然接不接受則是另一個問題）。至少就我所進行的這種採訪來說，這樣就夠了。因為深入去分析對方精神的細部，乃至對他們立場的倫理，或理論的正當性加以種種評斷，並不是這次採訪的目的。有關更深入的宗教論點，或社會意義的追究，我希望能在別的地方由各個領域的專家去評論。那樣應該會比較確實。和這成為一種對比，我在這裡想要試著提出的，畢竟是從「地對地」觀點所看到的他們的姿態。

然而同時，我和他們促膝交談之間，不得不深深感覺到小說家寫小說這種行為，和他們希求於宗教的行為之間，有一種難以消除的類似共同點存在。其中有非常相似的東西。這確實是真的。話雖這麼說，卻恐怕不能將這兩種行為定義成完全同根。因為，其中雖有相似性卻同時存在著某種決定性的相異點。我和他們談話，之所以引起我個人的興趣正是因為這點，此外，也因此而有時會感到類似憤怒的情緒。

不管怎麼說，我想或許正因為我心中有那樣的觀點，因此就算沒有宗教專門知識，但他們所說的話我還是能夠當場坦然接受，或斷然拒絕。而且我想不妨再補充說明，透過這一連串採訪之後，最終——雖然名副其實只是常識性的感想——常識（common sense）這東西還是發揮了很大的作用。

如果讓我表達我個人的心情的話，以花了一年時間採訪過《地下鐵事件》的人來說，對於引起地下鐵沙林事件的奧姆真理教的當事者（實行犯以及以各種形式與該事件有關的那些人），我現在還深深感到憤怒。我實際目睹由於那個事件而受到傷害，現在還在承受各種痛苦的人，實際親眼看到那些因為自己所愛的人生命已經永遠被剝奪而陷入永無止境苦惱中的人。我無法忘記這些，我想不管動機是什麼，不管有什麼理由，這種犯罪行為都是不可原諒的。

不過關於以整體奧姆真理教來說，對這個事件在現實上、精神上或結構上到底參與到什麼程度，我想可能是爭議分歧的地方，這個事實就留給讀者去做公正的判斷吧。換句話說，我並不是為了非難彈劾奧姆信徒（原信徒）而進行這次採訪的，也不是想從新的觀點再度評價他們而這樣做的。我希望基本上大家能夠理解這一點。我在這裡想提出的是，正如我在《地下鐵事件》中曾經敘述過的那樣，這是為了建立明確的許多觀點，而不是明確的一個觀點，所必要的有血有肉的材料。

我有兩次機會和河合隼雄先生長談，一次在《地下鐵事件》出版後，一次在這《約束的場所》連載（《文藝春秋》月刊）結束時，分兩次長談。雖然是以「對談」形式，實質上是由我（村上）提出問題請教，河合先生則對這問題提出回答。在《地下鐵事件》和這《約束的場所》兩次漫長採訪工作之後，我一直還留下難以具體整理成形的模糊感覺，這次能得到以心理治療師的立場給我明確的（同時也富於深刻啟示的）回答，使我心情能夠相當「落實」。能讓我如此坦白提出那樣問題的對象，除了河合先生之外，我實在想不出還有誰。

當然身為小說家（fiction maker，非寫實創作者），我往後必須透過各種故事性的過程，將自己心中留下的東西一一做立體檢證、處理，在那之前想必還要花相當長的時間。我想這並不是能夠立即順順利利成型出現的東西。在這個時間點，讓我獲得能在心理上畫出一個段落的啟示，為此我深深感謝河合先生。

這些採訪稿在《文藝春秋》雜誌由九七年四月號開始連載到同年十月號。對給我這個刊登場所和機會的《文藝春秋》平尾隆弘總編輯，和替我一一耐心處理解決不斷湧現的許多繁雜現實問題的編輯部大松芳男先生（身為「奧姆世代」之一，他常常給我有益的意見），以及單行本出版時照顧我很多的出版部村上和宏先生，我要在這裡深深致謝。

此外連載時所用的標題是「Post Underground」，但我偶然讀到美國詩人馬克・史特蘭德（Mark Strand）〈一個老人在自己的死亡中醒來〉（An Old Man Awake in His Own Death）的詩，有所感觸，從其中得到《約束的場所》（*The place that was promised*）的標題。詩是由我村上翻譯的。

採訪

「這說不定真的是奧姆幹的」

狩野浩之　一九六五年生

他生在東京都，但隨即搬到近郊的縣去，在那裡度過童年。家裡有一個弟弟和一個妹妹。上大學時身體搞壞了，開始定期到奧姆真理教所主辦的瑜伽道場去，僅僅二十天之後，麻原彰晃就勸他出家，他在那五個月後出家，算是早期入會的前輩出家者。地下鐵沙林事件發生當時他隸屬於科學技術省，在那裡主要從事操作電腦的工作。長達六年的教團生活中，在因地下鐵事件破壞了生活的平穩之前，對他來說是毫無陰影的晴天。在教團中他也遇到許多朋友。

他到現在依然還沒有脫離奧姆真理教團，不過已經離開共同生活，和其他成員仍保持若即若離的關係。他在都內一個人住，在自己家自食其力地從事和電腦有關的工作，另一方面仍繼續獨自修行。對佛教有興趣，夢想完成佛教的理論化。他說「經濟上不想讓教團來照顧」。同伴中也有很多人已經脫會了。他才三十二歲，往後該走什麼樣的道路，心情可能還有些搖擺。

雖然花了長時間採訪，但在那之間他一次也沒有親口提到麻原彰晃的名字。不僅名字而已，連教祖、師父之類週邊性稱呼也沒有提到。他一直迴避稱呼。麻原彰晃這個存在，或許很難用言詞說出口吧。他只有一次用「那個人」的表現方式，令我印象深刻。

感覺上他的性格好像凡事都要一一套上道理來思考的樣子。任何事情都要化成自己的一套理論他才會接受，認可。因此他要將花了很長時間親身體會的堅定理論＝教義，轉移為「自己的生之理論」，或許還要花一些時間。

小時候我算是個非常健康活潑的孩子。小學時身高超過一六〇公分，比周圍的人要高出二十公分左右。我喜歡體育，對很多東西都很熱中。不過自從進了中學開始，個子就完全不再長高，現在倒是比一般人矮了。怎麼說呢？跟精神上的狀態相呼應吧，肉體的成長也就下降了。健康狀態也一樣。

成績還不錯噢。可是起伏很大相當不穩定，尤其進了中學之後，自己想做的事和不想做的事，分得非常清楚。雖然並不覺得讀書本身有多苦，可是卻很抗拒用功讀書這回事。也就是說自己想學的東西，跟學校所教的東西實在太不相同了。

對我來說，我覺得所謂學習應該是可以變聰明的。可是學校裡所教的卻是「澳洲有幾頭羊」之類東西的死背而已。我覺得這唸得再多也沒辦法變聰明。所謂聰明，以我小時候的印象來說，也就是在童話故事「姆米家族」（Moomin，台灣翻譯為「嚕嚕米」）中出現的史納夫金（台灣翻譯為「阿金」）所擁有的那樣的東西。對我來說，長大應該是這個樣子。應該學會那種沉著冷靜或富於知性或智慧之類的東西。

——你父親是什麼樣的人？

是個上班族，在印刷廠操作機器。手工雖然好，卻說不出道理。雖然不會動手打人，可是這應該稱為有師傅氣質吧，脾氣真的很暴躁。動不動就生氣。不管我問什麼問題，他一下就會火大起來。學校老師也一樣。你要是有什麼疑問提出來問，他就會立刻生氣起來，卻不為你說明。真莫名其妙。堂堂一個大人，卻可以動不動為一點芝麻小事就變臉生氣，亂了方寸。我所懷有的大人印象和實際的大人之間有相當大的落差。

這種想法變成決定性的，是在我準備重考時從電視上看到《星期五的妻子們》的電視劇。看到那個我真的很失望。原來人在長大成人之後，也沒什麼成長嘛。

——你是說看到電視劇，裡面的角色實在太差了，就讓你決定性地失望了嗎？

是啊。在我心目中所謂大人的形象，因而完全崩潰。他們年齡漸長，知識或經驗也許增加了，可是內容卻完全沒有成長。我想這樣的話如果把外觀拿掉，把表面的知識拿掉，剩下來的豈不還跟小孩子一樣。

然後對戀愛這件事，我有很大的疑問。我在十九歲前後經過種種整理，得到這樣的結論。純粹愛一個人，和所謂的戀愛是有分別的。換句話說純粹愛別人，應該不含有為了自己而利用這個愛的成分。可是戀愛卻不是這樣。你會希望對方喜歡你，其中會混雜有這樣的念頭。因為如果純粹只是愛對方就好的話，單戀應該一點也不痛苦對嗎？只要對方不會不幸，應該就不必因為自己不被對方所愛而悶悶不樂。可是事實上卻會感到痛苦，可見心中其實還是有追求「希望被對方所愛」的慾望。因此我想所謂戀愛，和純粹的愛一個人是有分別的，這樣一想，單戀的痛苦就大為減低了。

——你倒很講理論啊。一般人就算單戀，好像也不太會想到這個。

是啊。我一直在想這種事。從十二歲左右開始就對這種哲學性的結論之類的東西做過各種整理。什麼事情一開始思考起來，就可以一個人一連六個鐘頭都落入沉思。對我來說所謂「學習」，說起來就是這麼回事。相對的在學校所教的，說起來卻只是像為了拿分數的賽跑一樣而已。

我偶爾也跟朋友談起這個，可是卻沒有結果。對會讀書的朋友提起這種事，人家也只會佩服地說「哦，你好會想這種事噢。真厲害。」而已，話題並不會繼續發展下去。我最關心的事情，卻找不到可以暢談個夠的對象。

——一般的情況，如果在青春期為這種本質上的問題而煩惱時，多數人會熱心地去讀書，從書中尋找有益的建議。

我很不會讀書。讀著讀著，就會發現很多漏洞。尤其是哲學方面的書，我只讀了幾本而已，實在看不下去。因為對我來說，所謂哲學，應該是為了可以從深入的認識找出「改善策略」的。說得具體一點，就是對生的意義之類本質性價值有深入理解，因而可以增大充實感和喜悅之類的，可以看出現在應該做什麼事。這「改善策略」為主，途中的所謂階段，終究只是階段而已。可是我所讀的書，卻只是像偉大的大師為了顯示「自己的知性有多高」，玩弄著語言技巧而寫的書似的。這種意圖顯而易見，實在教人讀不下去。因此我對哲學本身也感到失望。

還有另外一件事，我小學六年級的時候想到一個問題。當時我看到眼前一把剪刀，忽然想到，這把剪刀雖然是大人很努力做出來的，可是總有一天會壞掉。有形的東西，總有一天一定會壞掉。人也一樣，最後死期一定會來到。一切東西都一直線朝毀滅的方向前進，不可能回頭。換句話說，只有毀滅才是宇宙的法則。這個結論模糊地浮上我腦子裡，從此以後我凡事都以相當消極的眼光來看事情了。

比方說自己的人生結論如果是破滅的話，不管你當上總理大臣或最後變成流浪漢，結果都一樣不是嗎？那麼努力又有什麼用呢？會產生這種疑問。如果人的一生中痛苦多於快樂的話，不如早一點自殺的人還比較聰明對嗎？我腦子裡甚至浮現這種可怕的假設。

如果只有一條路可以解脫的話，那就是「死後的世界」。那是唯一的可能性。我第一次聽到這種說法時，心想好無聊的想法。不過我還是讀了丹波哲郎的書噢。到底在說什麼樣的蠢話，就來讀讀看吧，抱著這種否定的心情讀的。書名叫做《死了以後會怎樣》的書。

總之我的性格是一開始想一件事之後，就會徹底鑽進牛角尖裡去。我不會想說「算了沒關係，以後總會有辦法的」。我如果不確實地分出「這個我懂」、「這個我不懂」就不行。讀書也一樣。老師教我一件事情，我就會發出十個新的疑問。這些如果不完全弄清楚，就沒辦法繼續往前進。

——看樣子會被老師討厭噢（笑）。

老師非常討厭我。比方遇到像「青青的綠色」這種詞句時，就會覺得這不可原諒。還有像「七跌八起」，怎麼跌倒七次站起來八次，站起來的次數還比跌倒的次數多一次呢？不過這種問題提出來纏問大人，他們也只會一笑置之。誰都不會理你，也不會為你好好說明。看到這些人，你會覺得他們非常馬虎。有什麼不明白的地方，他們也不去弄清楚，好像一副「沒關係」的樣子便混過去了，我想難道這樣就可以嗎？總覺得很反感。

——我碰巧兩邊都可以說明（笑），可惜你身邊沒有人可以親切地為你回答這些問題。可是世上有一部分的一般人，正因為對這些細小的地方都能隨便應付過去，所以才能好好活著啊。

是啊。可是我卻辦不到。我想這樣子我恐怕沒法子順順利利地活下去。

因此我雖然覺得丹波哲郎的書本身很無聊，不過裡面介紹到一位斯維登堡（譯注：Emannel Swedenborg，1688-1772，瑞典科學家和神學家）的書，我讀了這位斯維登堡的書嚇了一跳噢。斯維登堡是一位獲得諾貝爾物理學獎都不足為奇的有名學者，可是以五十歲為界線卻忽然變成一個像靈異方面的超能力者，於是留下非常多有關死後世界的大量論述。我讀了之後非常佩服他論述的敏銳。跟其他這方面的書不同，給我的印象是理論上似乎沒有什麼漏洞。理由和結論的關係對我來說非常容易認同，所以很有信賴感。

那麼，對於所謂死後的世界我想有必要進一步再去查一下，於是我試著讀了各種臨死體驗的資料，可是卻相當震驚。不管在日本，在外國，所謂人們的證言都共通到驚人的地步，而且還是真名實姓附有照片的證言。這些人不可能全體約好了說謊吧，這種機率幾乎沒有。關於「佛教的因果報應法則，業（譯注：karma，羯磨，佛教用語，含有因果報應、宿命、宿緣等含義）」我是後來才知道的，知道這個之後，我從小所有的許多疑問就得到解答了。

其次，所謂佛教根本上的無常觀，跟我所思考的宇宙破滅法則似乎也是相同的東西。過去我對這些東西懷著比較消極的認識，不過因為這個關係，卻使我對佛教非常容易進去。

——你也讀了一些有關佛教的書嗎？

並沒有讀什麼正式的佛教書。我覺得那些內容好像並不太直接。我找不到改善之道。佛書中有許多佛經之類的，看不到核心的地方。我覺得我想知道的部分並沒有找到。比較之下，還是實際體驗者的話，對我想知道的事情寫得直接多了。不過當然，也有一些無法完全相信的部分。

只是對我來說不知道為什麼，我對某個人所說的這個部分可以相信、那個部分不可以相信之類的印象很有自信。憑經驗，或憑直覺，很奇怪我對這些取捨選擇的能力非常有自信。

——聽你這麼說，你好像對跟自己所持有的理論和感覺相對立的要素，向來都很排斥的樣子。也就是說，其實世上有很多跟自己所持有的理論和感覺相反立場的複雜事物，會來紛紛向你挑戰，做為一種對抗價值，可是你對這種東西卻不太想去接觸。

我從小學起，跟大人的爭論就很少輸過。於是，我覺得周圍的大人好像都是傻瓜似的，其實並不是這樣。對於會這樣想，我到現在都覺得很後悔。當時太不成熟了。不管跟人家爭論什麼，如果自己知道「這種事情要爭的話恐怕爭不過」，就會很巧妙地迴避。於是就可以百戰百勝。我小學的時候跟老師爭論都不會輸。我想大概因為這樣所以變得太自信了。

不過我跟身邊的朋友都處得很好。談話內容也會適度配合對方。我非常懂得「這時候這樣說的話人家應該會接受」，這樣子朋友也相當多。能讓朋友高興，自己看了也覺得高興，這種生活大約維持了十年左右。可是回到家剩下自己一個人的時候，又會常常想，「這樣做著活下去，到底又會怎麼樣呢？」畢竟自己真正想做的事卻沒有一個人可以一起做。

我並沒有準備升學考試，卻進了與電學有關的大學。在學校裡讀的是工學系的課程，可是我想讀的卻跟這有一點差距。我真正想做的是，對增進智慧真正有幫助的學問。例如把東洋思想理論科學化。如果要談我的理想的話。

例如所謂生物光子（photon），是從生命發出光。這種東西，如果與生病的關係之類做詳細統計，我預料其中可能含有物理性法則。更進一步，從生命發出的微弱的光和心的互動關係，也一定應該有物理性法則的。這是我從瑜伽的體驗得來的想法。

——對你來說，你覺得這種力量是可以計算測量的，或在視覺上是可以做成圖表記錄下來的，這種事情對你非常重要對嗎？

是的。這樣的話，所有的事情都可以系統化，讓你能夠信服。現代的科學這東西是經過深思熟慮的，完成度很高。因此如果可以用這個在數學上把理論組合起來的話，我想是可以完成相當精巧程度的系統的。在奧姆裡面，也有非常有價值的部分。對我來說，我想把這些能夠成為血肉的部分留下來。這在宗教的形式上已經不行了，我個人認為。如果不在自然科學上加以理論化，我想是不行的。

對於科學上無法測定的東西我不太有興趣。與其說沒興趣，倒不如說因為沒有說服力，所以對周圍的人也沒辦法把那利益回饋給他們。無法測定的東西如果擁有力量的話，結果有可能會像奧姆那樣。如果可以測定的話，我想那種危險性就大可以排除了。

——可是那測定到什麼程度是真實的呢？可能因為立場和觀點的不同而有差異。資料的採用也有流於任意的危險。這樣的測定到底夠不夠，必須加以判斷，而且測定的機器可信度又如何呢？這些都有問題。

這方面統計上的建構方法，我想跟一般醫學一樣就行了。比方說出現這種症狀時就是這樣，出現這種症狀時這樣做就會有這樣的結果之類的。

——我想，你大概不看小說吧？

對，我沒辦法看小說。讀三頁我就受不了了。

——因為我是小說家，所以跟你相反，我認為無法測定的東西是最重要的。當然我並不是在否定你的生活方式或思考方式。既不否定也不肯定，換句話說是以中立的立場跟你談的。不過世上人們所過的人生的大部分，是以許多無法測定的複雜事物所成立的。要把這些全部徹底

變成可測定的東西，我想現實上也許不可能做到。

是啊。我並不認為這許多複雜的東西沒有價值。只是看到現在世間的狀況，我覺得未免太多不必要的苦惱了。社會上苦惱的原因一直在逐漸增加。而且這些無法控制的慾望正在苦惱著人們。例如食慾和性慾。

奧姆所做的是，讓這些精神上的緊張逐漸降低，這樣一來可以讓每個人的力量逐漸加大。信徒們所看到奧姆真理教的印象，百分之九十九是這個。對精神上的現象和物理上的現象的看法。對這些的改善法、解決之道。從內部看起來，這些設計就是奧姆。至於組織如何如何，終極思想如何如何，則是媒體所顯示的奧姆。在我周圍根本沒有人認真思考過諾斯特拉達姆斯（譯注：Nostradamus，1503-66，法國醫師、占星師，學習哲學，寫過預言詩，曾因預言能力而受王室重用）的大預言。那種層次的事情誰也不會接受。

我想做的是將輪迴或業障之類的東洋思想，逐漸以理論科學加以一一系統化。例如到印度去的話，很多人在生活中就深深相信這些。可是要讓先進國家的人理解、認同並接受，我認為必須適度理論化的時代已經來臨。

——例如戰前有些日本人相信天皇是神，因此而信服地去參戰赴死。你認為這樣對嗎？

難道相信的話就可以嗎？

如果這樣就結束了也可以，但如果想到下輩子的生命，或許活得更佛教式會比較好吧。

——可是相信天皇，或相信佛教的輪迴，只不過是相信對象不同而已對嗎？

可是結果卻不同。相信天皇而死之後所得到的東西，跟相信佛教而死之後所得到的東西，結果是不同的。

——可是這是相信佛教的人所說的對嗎？信天皇，為天皇而死的話，靈魂就能到靖國神社去，在那裡安息，對相信這些的人來說，這樣就行了，不是嗎？

所以我在思考怎麼樣用數值來證明佛教的方法。因為還沒有這方法，所以才有這種議論，除此之外我什麼也沒辦法說。

——這麼說，如果天皇方面也能找到理論上可以測定的方法的話，你認為也可以接受嗎？

是的。如果死後對那個人有益的話，就可以。

——我想說的是，所謂科學這東西，以歷史來看，被政治和宗教拿來隨便利用的太多了。例如納粹就是這樣。事情發生之後，才發現那是錯的，有很多這類似是而非的假科學。這些對社會卻會留下很大的傷害。你或許是一個累積了很多嚴密實證的人，可是世上卻有很多人聽了大人物說「這是科學、這是結論」，就信以為真「噢，是的」便乖乖地跟著走。我覺得這非常可怕。

我想現在的狀態是很可怕。現在世間的人正嘗到許多不必要嘗的痛苦。所以我很想找出可以迴避這些的方法。

——對了，狩野先生，你是在什麼情況下成為奧姆真理教信徒的呢？

我讀了「在家可以簡單做冥想」之類的書，照著做做看，結果心靈方面產生奇怪的現象。我並沒有怎麼熱心做，可是當我勉強做法輪（cakra，梵文）的淨化時，氣的動能卻相對減弱了。

其實在淨化 cakra 時，同時並進地必須強化運氣才行，可是我沒有那樣做。因此 cakra 的狀態就開始不平衡，非常難受。一下子非常熱，一下子非常冷，交替著來襲。能量減弱了，總是處於貧血狀態。這是很危險的。東西吃不下，體重減輕到四十六公斤。我現在是六十三公斤。到大學去上課都覺得身體很不舒服，實在沒辦法讀書。

因此我到奧姆的世田谷道場去。我說我有「這樣、這樣、這樣的狀態」，當場他們就馬上啪啪地教我對策。然後我只簡單地做了他們教我的呼吸法之後，實在不敢相信，居然真的康復了。

在那次之後有兩個月左右我不太常去道場，後來才開始常常去，做摺傳單之類的服務活動做了二十天左右。然後他們舉辦一種參加過立刻可以直接跟教祖面談的所謂祕密瑜伽，我參加了，我想直接問（麻原彰晃）看看我身體不好該怎麼辦。結果他跟我說「你要出家」。好像資質一下子就被他看穿了似的。「沒有人被他這樣說過，你真了不起。」周圍的人也這麼說，於是我勉強退學就這樣出家了。那是二十二歲的時候。

從一開始就出家的人很少。我想是屬於很稀奇的類型吧。可是以我來說，身體實在虛弱到常常心有餘而力不足的程度，我想這樣的話會沒辦法正常活下去。他（麻原彰晃）說「你太不適合現世了」，他說得一點也沒錯，好像一點也不用他說，事情已經很明白的樣子。他二話不說，就直接那樣點出來。平常他話都還沒跟你談過，只要一見你的面，就能說中你很多事情。

簡直像對你已經很熟了似的。因此大家都很相信他。

——不過只要猜一猜，在見面前或許已經先蒐集這方面的資料了也不一定。綜合各方面蒐集資訊然後說的。

這種可能性並不是沒有。可是當時看不出是這樣。我是八九年出家的，當時出家者的人數還沒那麼多。我想實際上大約是兩百人出頭吧。最後已經達到三千人左右。

他（麻原彰晃）溫柔的時候，是我這輩子所遇到過最溫柔的人。可怕的時候，是我這輩子遇到過最可怕的人。變化幅度之大實在可怕，所以他光說著話就讓你深深感覺好像有神靈附身似的。

當他叫我出家時，我心裡真的很難過。我不願意讓父母親擔心，也很討厭所謂的新興宗教。因此我向父母好好的說明了，可是他們卻哭得很慘，我好難過。我父母不吵架，卻哭了。後來我母親很快就去世了，這也讓我很難過。當時我母親有很多事情精神上本來就很苦了，我卻像讓她雪上加霜似的，父親一定認為我母親等於是我殺的。真的。

（成為信徒之後不久，就是眾議員選舉。奧姆教團也推出多位候選人。狩野先生確實也感到選舉運動的熱況，據說他確信麻原彰晃會當選。對於幾乎沒得多少票，至今還完全不相信的樣子。聽說很多信徒都認為一定是有人從中做了某種操作。後來，他隸屬於教團的建築班，參與熊本縣波野村內教團設施的建設。）

我在波野村待了大約五個月左右，在那裡時一直在擔任跑長途卡車的司機工作。到全國蒐集預鑄建材，裝到四噸卡車上運回來。不，並不很辛苦。因為工地現場的人都是很熱心的土木人員，比較之下開卡車還算是輕鬆的。

教團裡的生活跟現實社會的生活比起來，當時真是難以比擬的辛苦。不過雖然辛苦，也自有非常充實的感覺，自己內心的痛苦逐漸減輕，因此對這個可以說反而心存感謝。也交了很多朋友。無論跟誰，大人也好小孩也好老太太也好，不管男的女的，都漸漸成為好朋友。在奧姆裡面說起來，因為大家都是為了提升精神為第一在生活的，所以基本上感情都很融洽。過去我為了跟人交往，有一部分往往是勉強（改變自己）去配合別人的，在這裡卻沒有必要這樣做。

也沒有疑問。不管任何疑問，全部都有答案。全部都解開了。比方說這樣做的話結果就會變成這樣之類的。你提出所有的問題立刻就有人會回答你。因此我完全一頭栽了進去（笑）。因為媒體並不報導這些事情，所以立刻就說我們是被人家心靈控制了。實際上並不是這樣。電視節目的目的只在乎提高收視率，卻完全不做資訊的正確說明之類的。

從波野村回到富士山的總部來，然後就在那裡一直從事電腦工作。上面有村井（秀夫）師兄，有時也談一些話。我個人也有想研究的東西，我一提起來，他就說「你想研究的話，可以自己隨便研究啊」之類（不太在意）的感覺。總之，他全心全力都放在上面交代的事情上了。

——你說的上面也就是指麻原彰晃嗎？

是的。因此這個人感覺上幾乎已經把自己的自我削減又削減了，完全沒有考慮把下面的東西（新提案）往上報似的。不過你如果想做什麼，儘管去研究沒關係喲，這樣子。

我的地位稱為「師補」。不是幹部的人裡面最高階級就是「師補」。如果是在公司算起來等於組長吧。不是很特出。不過雖說是師補，我卻沒有任何一個部下。只是一個人獨自作業而已，完全沒有任何拘束之類的。在我周圍有很多像我這種立場的人。根據媒體報導，大家好像在北韓一般僵硬嚴肅地受到支配似的，實際在裡面，很多人是自由行動的。當然出入也是自由的。雖然沒有專用的車子，不過你想開車的時候，車子還是會讓你開。

——可是後來，像坂本律師事件、凌遲殺人事件、松本沙林毒氣事件，之類的組織暴力犯罪逐漸暴露出來對嗎？你對這些難道沒有感覺到什麼嗎？

覺得裡面有點慌慌亂亂的，是有這種氣氛。好像變得有一點可疑，也出現一些祕密主義式的地方。不過就算讓你看到什麼，也因為在那之前自己所得到的利益之類的實在太大了，所以或許因此而變頑固了（認定自己所做的事並沒有錯）也不一定。看了媒體的報導，也完全不相信有這種事情，只以為是媒體在操作資訊。不過大約從前年（九六年）左右我才終於開始想「也許真的有過這回事」。

坂本律師的事件也一樣，我想這應該不是一個能在幾年之間都不被發現還能繼續巧妙運作的團體。不可能這樣。因為以組織來看，階級劃分得非常差啊。就像共產主義一樣，不管做什麼失敗的事情都不會被開除，因為大體上所謂工作，也沒有發給你薪水呀。與其說是不負責任，不如說本來就完全沒有所謂「每個人的責任」這種觀念。大家都非常隨便，或者說差不多就行了。只要精神上向上提升，其他的不管發生什麼都沒關係，是這種意識型態。普通一般人因為有太太或家庭，所以總要負起責任拚命工作。可是在奧姆卻完全沒有這種情形。

例如就算明天以前鋼筋一定要送到工地才行，結果卻沒送到。只要當事人說「啊，對了，我忘了」，事情也就過去了。可能會被罵一下，可是就算被罵，當事人也完全無動於衷。大家在日常生活中，對嚴重現象已經達到無動於衷的狀態了。就算發生什麼壞事，也會說「啊，業障除掉了，真慶幸。」大家一起感到高興。失敗了或被罵了，居然也說「這樣一來我的污點也除掉了」（笑）。非常堅強。不管發生什麼事都不苦惱。因此教團的人對現世的人漸漸開始輕視起來。啊，大家都為種種事情而苦惱，可是我們卻心平氣和——好像這樣子。

——你在八九年到九五年的六年之間歸屬於教團，在那之間完全沒有發生問題或產生疑問嗎？

與其說有問題，不如說只覺得心存感激，覺得獲得非常大的利益，和充實感，這類的感覺而已。就算有辛苦，可是因為那意義都一一經過詳細說明了。不，並沒有我個人特別仰慕，或尊敬的人。說到回答這些問題的能力，只要是教團裡師級以上的人誰都可以給你回答。只要你是出家人，就算不是師父，平常的教學也能理解。只是階級越高，大家都很高明噢。我想你只要看過上祐之類的師父也會知道，像他們那樣能言善辯的人在教團裡多得是。這裡跟世間很明顯地有讓人覺得（層次）不同的地方。就拿睡眠時間來說吧，你如果修行高明的話，一天只要睡三小時左右，這種人很多。像村井秀夫就是。精神力、判斷力，不管拿哪方面來說都還是很厲害的。

——你跟麻原彰晃曾經直接見面談過話嗎？

有。從前人數還很少的時候，真的常常在他身邊直接談話，比方說「我最近很愛睡覺，真傷腦筋」之類無聊問題，大家都會紛紛提出來問，可是教團變大之後，這種情形就逐漸減少。沒辦法一一這樣做了啊。

像新師徒訓練之類的種種活動也做過幾次。也有很辛苦的。特別是所謂熱修行也做過，這很難過。還做過藥物修行。那時候不知道，後來才知道原來是ＬＳＤ迷幻劑。一做這個時，會漸漸只剩下心靈的狀態，完全失去身體的感覺，那時候可以從正面徹底看清自己內心深處意識中有什麼樣的要素存在。那時候的體驗真的很艱難。可以說是累得不得了，或者說會知道自己死了以後大概會變成這種狀態吧。那時候不知道是藥物的關係，還只想成是為了向心靈深處探尋而服的藥，是為了加深修行而做的呢。

——不過據說因為使用藥物會經歷一些惡劣的類似幻覺症狀，有些例子還留下深刻的心靈創傷。

我想那是因為用量過多，或者其他用法不當所造成的。我們有所謂治療省，由林郁夫在負責管理，這又是一個非常馬虎的地方，那裡如果能夠稍微科學化一點好好做的話，應該不會出問題。其次在教團裡面，逐漸做了很多太過分的事情，勉強大家去超越度過那個。在這方面，我想應該稍微體貼一點會比較好。

——發生地下鐵沙林事件的九五年三月時，你在什麼地方做什麼呢？

我當時待在上九一色村的一個房間裡，一直一個人在打電腦。我所在的地方可以用個人電腦連線通信，我常用那個看新聞。這樣做其實是不可以的，不過因為管理很鬆懈，所以就自己隨便上網看了。有時也會出去一下買個報紙回來，大家傳著看。如果被人發現了也會稍微被警告一下，不過並不會有什麼大不了的事。

於是我從那個人電腦通信上看到報社的快報，知道東京發生地下鐵事件。不過完全沒有想到奧姆教團會做出這樣的事情。心想不知道是誰幹的，總之教團不可能幹這種事。

地下鐵事件之後上九一色村被總搜查，當時因為科學技術省的成員可能會因為冤罪而全部被逮捕，最好出去外面避一避比較好，有這種氣氛，於是我也開車到外面去暫時到處繞一繞。所以總搜查時我並不在那裡。不管怎麼說，我完全沒有懷疑到教團可能跟這事件有任何牽連。

（麻原）被逮捕之後，我也完全沒有感覺到憤怒之類的。只想到這大概是難以避免的事吧，這種程度而已。因為對奧姆信徒來說，感情用事的生氣憤怒之類的是層次很低的事。我們認為與其生氣，不如稍微深入地去看透其中所有的狀況才是一種美德。而且想一想自己那時候應該採取什麼樣的行動才好。接著繼續做現在能做的最有價值的事，這是最重要的。

大家商量往後該怎麼辦才好，最後歸結到一個基本線上，就是該做的只有繼續修行。當時在那裡並沒有被逼到絕境的悲壯感之類的。說起來在教團裡正好就像處在颱風眼裡一樣，極其安靜。雖然周圍已經紛紛嚷嚷的起鬨了，但是踏進一步到了裡面，卻豁然展開一個極其和平的世界。

我開始想這說不定真的是奧姆幹的，還是在實行犯被逮捕，他們自己都招供出來之後。他們幾乎都是我從以前就認識的熟朋友。他們已經說出來了，連他們都說是自己幹的，所以我想這也許是真的。

可是，從奧姆這些人的感覺來說，幹了或沒幹並沒有什麼關係，更重要的是自己是否在修行才是問題。如何開發自己的內在，才重要。比奧姆有沒有幹這件事還重要。

——只是，奧姆真理教團這個組織所展開的教義，朝某個方向前進，結果引起那樣的犯罪，殺了許多人，也傷害了許多人。這種要素本來就包含在那教義中對嗎？關於這點你是怎麼想的？

這部分顯然是有分別的。以 tantra vajrayana（密宗金剛乘）來說，這密宗金剛乘的部分只有地位非常高的人才能做。我們常常聽說只有修完大乘的人才能做。我們所做的，都是遠在那個之前的。所以關於我們所做的修行，或活動（即使在事件發生之後）都完全沒有疑問。

——可是先不論地位的高低，tantra vajrayana 在奧姆的教義中，做為重要的一環，應該具有很大的意義吧？

要說重要嘛，以我們看來，那只不過是畫出來的餅一樣。跟我們平常所做的，平常所想的，完全離得很遠。實在太遠了。在到達那裡之前必須做的事情，真的可以說有幾萬年之多。

——所以你說沒有關係。可是，假如你的地位大為提高，變成跟 tantra vajrayana 的部分有關的話，上面命令你去殺人，當作是到達涅槃（譯注：nirvana，佛教的解脫，極樂世界）**的必經之道的話，你會殺嗎？**

理論上很簡單。就算殺了什麼人，如果能向上提升對方，讓他比繼續活下去得到更大幸福的話就可以。那方面（的道理）是可以理解的。所以如果沒有能力真正看透輪迴轉生的人，我想是不可以做那種事的。也就是不可以跟這種事扯上關係。能夠清楚看透別人的死後，而且能為他提升，這種事如果能辦得到的話，或許（我自己）也會去做。不過在奧姆裡面，沒有一個人已經修到這種地步的。

——可是那五個人卻做了。

如果是我就不會去做。這有所不同。因為我還沒有能力為這種事情負責。所以我會覺得害怕，實在沒辦法去做那種事。我想這方面不可以含糊。對於別人的轉生還無法看得透的人，是沒有資格剝奪別人生命的。

——麻原彰晃就有嗎？

當時我想是有。

——那個可以測定嗎？可以客觀地證明嗎？

不，目前這個階段還完全不行。

——那麼以現世的法律來裁判，不管判決出來是什麼結果，都是沒有辦法的囉？

是的。所以我並不是說奧姆的本質全部都是對的。只是其中有太多有價值的東西，對我來說我很想為這個做點什麼，給一般普通人一些有利益的東西，我的心情是這樣。

——可是以很普通的常識來說，在廣泛地給予普通人那種利益之前，卻出現那樣的犯罪，因此殺死了很多普通人噢。這些不從內部去總檢討，卻拿出「也有好的一面」和利益之類的說法，這恐怕誰都無法接受吧？

所以我想以後以奧姆的形式可能已經無法對外公開了。我雖然還留在奧姆裡面，那是因為到目前為止教團給我的利益實在太大了。以我個人來說，還沒辦法對這個做心理上的調適和整理。我想其中應該還有什麼可能性吧。會不會有什麼背後的法術（某種邏輯的反面）？會不會有一些希望或展望？所以現在我正在把自己已經參透的部分和還沒參透的部分做個區別，我想把這些一一弄個清楚。

等個兩年，如果奧姆還是現在這個狀態的話，我就打算脫會。不過在那之前我還需要想很多事情。只是奧姆教團這個組織，在不處罰這方面，完全是全世界第一的。不知道該說是不管人家說什麼都不聽、不聞不問，還是消息沒有傳到耳朵裡，完全沒有反應沒有回答。也沒有悲壯感之類的，完全沒有。對於地下鐵事件，感覺上也像「那是別人家的事，跟自己無關」似的。

我就不一樣，我覺得地下鐵沙林事件是非常惡劣的事。是不可以做的。所以在我心裡，有「非常惡劣的事」，和我以前所經驗過來的「非常良好的事」，互相激烈地交戰衝突。說得簡單一點就是，我想如果認為這是「非常惡劣的事」勝利的人就脫會出去，認為這是「非常良好的事」勝利的人就留下。我的情況還在中間。我所謂的看情形指的就是這個。

那些實行犯，以前也都是聽教祖的話照著去做，因此而得到很大利益的人。而且在過去那個階段，並沒有犯罪的要素。所以感覺上就像那個的連續一樣，只是接著卻脫軌了而已，我想大概是這樣。

「配合諾斯特拉達姆斯大預言做生涯規劃」

波村秋生　一九六〇年生

他出生在福井縣。父親在水泥公司上班。兄妹三個人。有一個哥哥，一個妹妹。

本來上大學之前就對文學和宗教有興趣想學習，可是父親很頑固，對升學的志願意見不合，「那就工作算了」，於是開始在福井市內一家汽車零件販賣公司上班。高中時代，因為不喜歡學校的功課所以一直在讀自己的書，跟周圍完全脫了節。當時讀的主要是宗教哲學方面的書。後來一面換了好幾個工作，一面過著繼續讀書、思索和執筆的生活，對各種不同宗教一直很有興趣。在他三十幾歲的人生中一貫維持一個「自己不適合這個現實世界」的清楚認識。所以他雖然在追求跟自己一樣不認同現世價值而生活在另一種體系中的出家人之間的連帶感，但在一面追求中又難以捨棄我跟他們「還有某種不同」的懷疑，總是無法全心全意的投入。即使在進了奧姆成為信徒之後，也沒有改變。

現在回到故鄉，在運輸方面的公司上班。因為他從以前就非常喜歡海，所以現在還經常去海邊游泳。特別喜歡琉球。他說他看了宮崎駿的電影，居然忍不住哭了出來，因此才確認到：「啊，自己總算還是個人，還有心，還活著。」

我高中剛畢業的時候，曾經想過要不要出家？還是就這樣死掉算了？實在很討厭去就業上班。如果可能的話真想去出家過宗教式的生活。說不定活著只是添加罪惡而已，那麼乾脆死掉對這個世間還比較好也不一定。

一面這樣想，一面在汽車零件販賣公司上班做輪胎的推銷工作，所以剛開始生意很難做成。我到加油站或汽車零件商店去打招呼，進門開口說一聲「請多指教」，然後話就接不下去了。就那樣僵在那裡。我自己難過，人家也很為難。所以剛開始生意完全做不成。

不過其中也有很體貼的人，公司的前輩裡就有人溫和地鼓勵我說「剛開始的時候我跟你一樣，話也說不出口，好難過，可是業務做久了漸漸話就說得出來了」。因為這樣，我漸漸也習慣工作了，去掉生疏，把角也磨圓一些，商品才一點一點開始賣出去。我想那對人生也是一種很好的學習。我在那裡上班了兩年多，辭職的直接原因是駕照被吊銷了。一方面我不想給公司帶來麻煩，一方面以這當作一個契機也想轉業看看。

正好我有親戚在東京開升學補習班，我去找他商量時，他說「那就來我們這邊幫忙吧」。

其實我是想當小說家的。我這樣說時，他就說「你可以一面幫忙批改小學生的作文，一面去上課學習怎麼當小說家啊」。

我想這樣也好，就在一九八一年初去東京，在大田區的升學補習班開始工作。可是實際去了一看，卻跟最初說的完全不一樣，還被冷嘲熱諷一番，「想學當小說家？你到底在做什麼夢？世間哪有那麼便宜的？」完全不讓我修改什麼作文。還罵我「你根本沒才華」，光叫我做一些打雜的事。比方叫學生安靜啦，或打掃啦，或改一改考卷簡單的〇×，這類的工作。我雖然喜歡跟小孩子接觸，可是生活卻很苦。工作時間很長，一天只能睡兩、三個小時的生活。在那裡工作的人，全都是被這樣苛刻指使的。我在那裡忍耐了一年半，後來也辭職了。

我在福井的公司上班時多少還存了點錢，所以我決心用那些錢暫時學一學怎麼當小說家的功課，也就是無業。這種生活繼續了三年。生活費每個月頂多只花五萬圓左右。除了最低限度的食物之外，什麼也沒買。我本來就幾乎不花錢的。然後一直在看看書，寫寫東西。住的地方周圍環境非常好，附近有五個左右的圖書館，所以可以不用花錢，很容易就借到書。今天到這家圖書館，明天到那家圖書館，這樣一面慢跑一面到各家圖書館去。雖然是孤獨的生活，不過我對孤獨並不以為苦。要是一般人的話一定會受不了吧。

我當時讀的多半是卡夫卡，或《Nadja》〔譯注：法國超現實主義作家不列東（André

Breton, 1896-1966）的作品〕之類超現實主義方面的小說。其次也到各大學的校慶活動會，在那裡找校刊、同人誌來一一讀遍，因此也交上了談文學的朋友。我跟一個早稻田大學哲學系的人很談得來，他介紹我讀各種書。比方維根斯坦、胡塞爾，或岸田秀、本多勝一。我讀了他們寫的小說很感動，不過現在想一想那是跟埴谷雄高（譯注：小說《死靈》作者，該書歷戰後半世紀繼續書寫，一九九七年八十七歲去世，遺留千餘篇文章）一模一樣的小說噢。

這個人有一個朋友叫津田先生，他是創價學會的信徒，他很熱心地勸我到創價學會去。我一直跟他談論很多宗教方面的事，結果他勸我說：「光說不練沒有用。實際去經驗看看，你的人生絕對會改變，你就當作是上當也沒關係，去試試看吧。」我真的像入會一樣去住了一個月左右，當作一種體驗。但還是不能適應。因為那裡是現世的利益宗教啊。與其那樣的宗教，不如更純粹的教義比較吸引我。例如奧姆之類的。我覺得這可能比較接近原來的佛教教義。

錢也差不多用完了，所以我就到一個叫做西武運輸的公司去，一面替百貨公司搬運貨物一面維持生計。做了兩年。在池袋的西武百貨公司做裝卸貨物的搬運工作。這是相當吃重的工作，不過我本來對格鬥技術就有興趣，也喜歡鍛鍊身體，所以對肉體勞動並不覺得多辛苦。雖然屬於打工性質酬勞不高，不過我可以做人家三倍的工作量，因此肌肉倒是練得不錯。在工作之餘，還到一個叫日本新聞專門學校的夜間部去上課。而且心想可能的話也寫一點紀錄性的東西。我想如果能寫像鎌田慧（譯注：一九三八年生，早稻田大學文學部畢業，曾任新聞記者，著作有

《自動車絕望工場》、《教育工場的孩子們》、《大災害》、《壞滅日本》等）先生那樣的東西也不錯。

不過那時候我對東京的生活已經漸漸覺得累了。可以很清楚地感覺到自己的心已經變得越來越荒涼，變得很凶暴、動不動就生氣。當時我對自然生態環境保護方面也漸漸開始感興趣，心想「回歸自然」，或差不多該返鄉了，這種心情逐漸增強。不管做什麼都一樣，一開始做起來就會整個人不顧一切地完全一頭栽進去，我是這樣的個性。當時我就是這樣栽進環保裡面去的。姑且不提這個，反正對大都市水泥森林的光景已經厭煩透了。好想好想看到故鄉的海。我從以前就一直最喜歡海。

所以我就回到老家去，開始在「文殊」核電廠的建設工地開始工作。這是專門在高空作業的工作。我把這個也當成一種修練在做，不過這工作真的很危險。在那麼高的地方工作雖然某種程度會逐漸習慣，不過還是經常有危險。有幾次差一點跌下來摔死。我想想看，在這裡大約工作了一年左右吧。從這個叫做「文殊」的工地可以眺望大海。我會選這個工作，也是因為這樣。我想如果能一面工作一面看海的話也不錯。真的是非常美麗的海。老實說建築「文殊」的地點，就是那一帶風景最美的地方。

——可是對有志於投入環保的人卻去從事核電廠的建設工作，你覺得這樣好嗎？

老實說我本來想把這寫成紀錄報導的。當時我確實去參與了核電廠的建設，可是我想如果我把那寫成報導的話，就可以扯平了，我這樣想。或許想得太天真了。不是有一部電影叫《桂河大橋》嗎？我的發想有點像那個。自己拚命努力做出來的東西，最後自己又把它破壞掉。當然我不會去裝炸彈炸掉，怎麼說呢，自己最喜歡的海如果最後一定要污染的話，不如由自己來做。是啊，心情確實很複雜。可以說心都撕裂了似的。

一年之間那個「文殊」的工作也結束了，接下來我就到琉球去。我用做高空工作存下來的錢買了一部中古汽車，隨車搭渡輪去到琉球，然後過著住在車上的日子。我從一個海岸開到另一個海岸，悠閒地開著車慢慢旅行。這樣繼續了兩個月左右。就這樣我開始愛上琉球的大自然。琉球的海好處在於不單調。每個海岸都各有不同的相貌。非常複雜。我很喜歡眺望這樣的海景。先是喜歡上琉球的自然，然後開始漸漸喜歡琉球的人和文化。就這樣，我每年一到夏天就會像得了「琉球病」似的，待不住。忍不住就會去琉球。所以很難找固定的工作。好不容易找到一個工作，可是一到夏天又會默默辭職，衝動地跑到琉球去。

就這樣做做臨時性的肉體勞動，到琉球去旅行過幾次之間，我父親去世了。那是九〇年二月的事。在我快要三十歲之前。我跟我父親一直處不好。因為，我們家人大家都討厭我父親。他在外面的世界可以算是「好人」，但在家裡卻可以說是獨裁者，什麼事情都要人家聽他的。

一喝酒就胡鬧。我小時候也被他打過。可是後來我長得體格比他強壯，所以在他囉唆之前我就先揍他了。現在想起來自己真是做錯了。我應該孝順一點才對的。

老實說，我父親在我們地方上是共產黨的領導者。福井是一個風氣保守的地方，父親做這種事情，小孩要找工作也變得很難。我本來很想當老師的，可是人家告訴我說我父親是共產黨員的話，想當老師是不可能的，也因為這樣我才放棄投考師範大學。所以我對父親是共產黨員，一直懷恨在心裡。我在人格上懷著怨恨，這種思想上的因素也成為很大的原因。我本來就是一個宗教傾向比較強的人，父親說起來真的是物質主義、合理主義，或唯物主義。我跟父親經常是對立的。我每次在宗教上提出什麼意見時，他就說「你別盡說一些好像被神靈附身似的話」，把我徹底當個傻瓜。氣得不得了。這對我來說真的很傷心。為什麼要說得那樣過分，為什麼我所做的事情，就沒有一件是對的呢？

父親身體不好，是我在琉球的時候。我雖然立刻趕回福井，可是父親不久就去世了。由於是酒精性脂肪肝的病，死得非常痛苦。最後什麼都不吃光喝酒，瘦得不得了，幾乎可以說好像是自己結束生命的樣子。當我父親對我說「我們徹底來把話談個清楚吧」時，我卻回答「拜託，你乾脆死掉算了」。在某種意義上等於是我殺了父親一樣。

葬禮後經過三十五天，我又回到琉球。當時我在那裡的一個建築工地工作。可是遠離福井的家人，自己孤零零一個人，當時我的心情非常消沉。父親剛過世好像還很平靜，覺得沒什麼。家人聚在一起，還輕輕鬆鬆熱熱鬧鬧的。可是一回到琉球，卻突然崩潰。好像自己活生生地被拉進地獄裡去似的。啊，自己已經不行了。一定會下地獄。已經回不來了。有這種感覺。而且完全沒有食慾，得了神經衰弱症。憂鬱。嚴重的憂鬱症。自己都知道自己快發瘋了。下雨天不用工作的日子，我一整天都在房間窩在被子裡睡覺。大家出去打柏青哥之後，我就一個人發呆。周圍的人好言安慰我，我雖然很感激，但心情還是提不起來。

有一天，我半夜三點醒來，身體實在太不舒服，我想「我已經不行了」。精神狂亂，好像快要失去知覺似的。於是我立刻打電話給我母親。她說「你馬上回來吧」。可是我回到福井，心病還是沒辦法康復。好像一種精神外傷的後遺症（trauma）似的。心裡感覺一直還留下這種創傷。不管做什麼都提不起勁，心情開朗不起來。回到家一個月了也沒出去工作，只是在家裡發呆而已。

最後把我從這種狀態解救出來的還是琉球的Yuta（譯注：琉球地方宗教中具有超能力的靈媒，能洞察異象，為人解夢、消災除厄、看風水、斷運勢等）。老實說我讀過萊爾·華特森（Lyall Watson）的《非洲的白色咒術師》這本書，非常感動。

——那是一本非常有趣的書噢。

結果主角波夏也是得過癲癇和精神分裂症噢。可是這種精神上有病的人遇到良師，加上修行後，竟然可以成為咒術師。換句話說，負面的因素也可以轉換成正面的因素。而且獲得周圍許多人的尊敬。啊，我也可以這樣，我想。於是我試著到處尋找。關於琉球的Yuta，也寫了完全同樣的事情。琉球還留有這種救濟方法。那麼我或許也可以成為Yuta。我想我也許有這個資格。我這樣想。這成為我的一個解救之道。

然後我就決定再到琉球去，求見有名的Yuta。我跟幾十個人一起求見，其中只有我一個人被叫出來，他說：「你是不是有什麼煩惱？」我的心事好像被看出來了似的。然後他說：「你為你父親的事情而煩惱是嗎？你太執著於你父親了。你必須捨棄那執著才行。忘掉你父親，踏出新的一步吧。如果你母親還活著，應該好好珍惜你母親才行。過普通的生活是最重要的。」我聽了這話，心情頓時覺得輕鬆了。啊，我想這下應該可以得救了吧。從此以後，我一直在一家公司上班。不再一到夏天就突然往琉球跑。我下定決心要好好孝順母親，努力上班不再辭職了。

——原來如此。艾得瑞安・波夏（Adrain Boshier）的情況是不得不到那一邊去，你的情況是又回到現世來，所以他們是不是告訴你要回來比較好？

是啊。就是這樣。他們說跟平常人一樣，普普通通地結婚、普普通通地生兒育女，就是一種修行噢。還說那才真是最困難的修行呢。

我從很久以前就開始持續在做像宗教考察之類的事情。怎麼說好呢，就像裝上天線，在蒐集各種宗教訊息一樣。我對基督教也接觸很深，還有剛才說過跟創價學會也有過關係。我現在還常去基督教的教會。所以以期間來說，跟奧姆有接觸只是我人生中的一小部分而已，不過卻受到這麼大的打擊，想一想我覺得還是不簡單。或許可以說奧姆就是擁有這麼大的力量。

一九八七年，奧姆剛出來的時候，我寫信給奧姆教團請他們寄資料給我。他們立刻寄很多說明書來。豪華得令我大吃一驚的說明書。最近才剛成立的教團，居然能夠這麼捨得花大錢，真令人佩服。

當時福井還沒有奧姆的分部，不過在福井附近一個叫鯖江市的地方有，一位大森先生在自己家裡每星期開放一次，做為奧姆人聚會的場所。他們也邀請我「歡迎你來呀」，於是我開始偶爾去露面。在那裡，他們讓我看奧姆製作《直播到早晨！》電視節目的錄影，我看得非常感動。上祐的辯論口才真是新鮮生動。我好佩服。他說奧姆信徒所做的因為是以原始佛教為基礎的東西，藉著修行以開發悟性。不管你提出什麼樣的問題，他都可以流暢地立刻回答你。我覺得好厲害喲。好厲害的人，好厲害的團體。

到那裡去的人都是奧姆的信徒，但我不是信徒。我只是像去觀摩的而已。聚集的人總共有五、六個人吧。我之所以沒有很深入參與在那裡面，其實是因為以實際問題來說那是很花錢的。總之奧姆這個組織是很花錢的。做一點什麼就要三十萬圓。說是有什麼課程，錄音帶十卷就要三十萬圓之類的。說是麻原尊師的說法，所以很有效力。因為能得到能力所以還算是便宜的，於是大家就二十萬、三十萬地紛紛掏出來。我看著這種情形覺得很可怕。或許因為我是窮人比較小氣，才會特別有這種感覺也不一定。

麻原彰晃第一次出現在我眼前是在名古屋的時候。大家搭巴士到名古屋去。他們邀我「一起去嘛」，我本來也有興趣，就跟著大家一起去了。因為我不是信徒，所以不能向麻原彰晃發問。終究說起來，奧姆這地方如果你不踏進去的話，什麼也不能做，可是要踏進去卻要花相當的錢。達到某個程度之後才能對麻原彰晃發問。地位再提升一點的話就可以領到花環。我在名古屋實際看到這種光景，我覺得那好像很幼稚的樣子。麻原彰晃個人就是這樣逐漸神格化的。看到這種情形時，我開始覺得厭惡起來。

奧姆的機關雜誌《Mahayana》（大乘佛教）我從創刊號開始一本不缺地全部都讀過了。這些也是剛開始很好噢，每個信徒一個個的經驗都非常寶貴。每個人以真名實姓把「自己是如何進入奧姆真理教的」經驗談寫出來。讀過後讓你深深佩服「大家都好真誠」。所以我很喜歡這本雜誌。可是後來卻沒有一個個信徒的心聲，變成只有麻原一個人的話了。他逐漸被捧得高高在上，變成大家都要絕對崇拜他了。比方說麻原走在路上，信徒就馬上把自己的衣服鋪在地上，讓他從上面走過去。到了這個地步怎麼說都未免太過分了吧。中澤新一先生寫過「宗教團體一旦開始廣招信徒之後，這個宗教就不行了」，我也覺得確實是這樣。這很可怕，因為太過於崇拜一個人時，就會失去所謂的自由啊。而且麻原彰晃是有妻子的，還生了很多小孩。這從原來佛教的教義來說，是很奇怪的，對吧？居然還打馬虎眼說因為自己已經是最終解脫者，所以做這種事也不算是惡業，那麼他到底是不是最終解脫者？這種事情誰也不知道啊。

我把這種疑問毫不隱瞞地提出來質問周圍的人。奧姆裡面很多信徒死於交通事故。我覺得這有一點奇怪，我問過一位我很熟的女信徒高橋小姐。我說：「這麼多信徒死掉，怎麼說都不自然吧。」於是她說：「不，這些人死了也好。尊師在四十億年之後會轉生為彌勒菩薩，把現在死掉的人的靈魂救起來。」我想真是胡言亂語。還有一直批判奧姆的《Sunday 每日》的總編輯牧太郎，被他們非常嚴厲地攻擊。我問為什麼非要這樣攻擊他不可，她回答說：「就算被攻擊，或被怎麼樣，能夠在這個世間跟尊師有過任何緣分的人都是有福的。因為現在就算掉進地獄，將來尊師都會去救他起來。」

因為這樣我跟奧姆真理教便保持一段距離，長久保持若即若離的關係。不過九三年一位叫做北村的奧姆真理教的人，開著靜岡縣牌照的汽車突然來到我家。他打電話來說：「我有一點事情想跟你談，我們可以見個面嗎？」於是我跟他見了面。因為跟奧姆的接觸中斷了一段時間，不知道我現在怎麼樣了，他個人很感興趣。不過我聽他說的話，好像越說越離譜了。比方說現在第三次世界大戰即將發生，會用到雷射武器、生化武器什麼的，簡直完全像科幻小說一樣。話雖然相當有趣，不過我覺得事情好像變得滿嚴重的樣子。

那一陣子，他們非常積極地勸我加入奧姆成為信徒。我最後加入了，就像剛才說過的那樣，是因為我遇到那位叫做高橋的小姐。當我祖母過世，我正陷入很消沉的時期，高橋小姐打電話到我那裡，說我想跟你談一點事情。「老實說我剛進奧姆不久，想跟你一起談談有關奧姆的想法，你可以出來嗎？」於是我跟她見面。她比我小六歲。那時候大約二十七歲左右吧。我當時感覺遇到她好像是一種命運的安排。那跟我父親死的時候我所感到的命運似的東西很類似。我內心裡有一點這種感覺。從此以後，我跟她有了程度相當深的各種溝通。而在這種交往繼續之下，我也就入會了。那是九四年四月的事。

我想我祖母死掉可能有影響。然後我上班的公司因為不景氣開始裁員也有關係。還有，前面也說過了，我一直背負著一種不明原因的類似心病。我懷著一種期待，希望因為加入奧姆，我的這種病能夠順利消除。

從此以後我對高橋小姐這個女孩子開始關心起來。這並不是戀愛的感情之類的噢。不過她的事情就是讓我非常掛心。她現在非常全心投入奧姆裡面，可是投入得這麼深會不會有問題發生呢？我對奧姆雖然有些懷疑，但是我該不該告訴她這些？我想乾脆我也入會，這樣比較快吧。這樣一來我就可以常常跟高橋見面好好談話了。雖然這種說法，聽起來或許會覺得太自圓其說也不一定。

幸虧入會金比以前便宜多了，只要一萬圓。先繳半年的會費六千圓，免費贈送錄音帶十卷。要接受入會儀式成為信徒，要先看九十七卷錄影帶，讀七十七本奧姆的書。不得了的量。不過這也總算過關。最後還會唱曼陀羅。手上拿著印好的紙張，反覆誦讀好幾次。而且還用計數器計算次數。所以奧姆的人大家都有計數器。這大體要唸個七千次才行。初期階段的七千次曼陀羅，我也唸了一些，可是覺得好愚蠢就沒有認真做。這跟創價學會所謂的勤行沒什麼差別。

他們很強烈地勸我出家。這時候的教團，變得很急於盡量多拉一個人出家。我雖然還沒有接受入信儀式，可是他們說沒關係要我趕快出家。但我盡力拒絕。高橋在那個年底出家。十二月二十日她打電話到我公司來，說「我現在要去了」。這是我們最後的談話。然後她就出家了，不知道到什麼地方去了。

沙林事件發生時，我已經某種程度離開奧姆了。我還設法說服阻止被高橋熱心勸誘的人，叫他們不要入信。大家都知道我對奧姆的做法持批判態度。可是信徒畢竟還是信徒，九五年警察來調查我。比方誰是信徒之類的事，那時候警察已經全盤掌握了。或許他們已經取得名冊。因此我受到非常老式的調查。比方說什麼「你能踩過麻原彰晃的照片嗎？」之類的。像江戶時代為了取締基督教，而要求教徒踏過基督畫像以測試是不是教徒的做法。那時候我深深感覺到警察局真是個可怕的地方。

九五年北海道發生全日空飛機的劫機事件時，警察也立刻過來，說：「喂，你知道什麼嗎？」他們經常來找麻煩。我覺得自己簡直像一個被變態跟蹤者糾纏跟蹤的女人一樣。覺得不管你做什麼，隨時隨地都有人在一直盯著你似的。渾身不自在。本來警察應該是保護國民的，現在卻相反的帶給你恐怖感。我這邊可沒有做任何壞事。可是雖然沒做壞事，卻經常有說不定會被逮捕的不安。因為，當時奧姆信徒經常因為一點小罪而被一一逮捕起來。比方說偽造文書之類的，總之隨便捏造一些理由就抓人。我也很可能會因此而遭殃。

他們也經常打電話來。說什麼「奧姆有沒有跟你聯絡？」其實我只要在那裡安靜不動就好了，可是我也很傻，在這種狀態下，我還對奧姆懷有非常強烈的好奇心，還特別跑到大阪去，跟那裡教團聚會所的女信徒說話。問她說，在警察的嚴重警戒下，「妳現在的心情怎樣？」並買了幾本那裡有的奧姆機關雜誌《阿耨多羅諦》打算帶回家。那時候奧姆的書和雜誌在書店已經買不到了，我想知道到底寫了什麼。結果一走出教團據點，就被警察攔住，做職務查問：「你在裡面做什麼？」我因為害怕，又覺得麻煩，於是我甩掉他們逃了回來。可是因為這樣做，反而更被警察盯上了。

——那時候你有沒有想到地下鐵沙林事件是奧姆的犯行？

我有這樣想。我想沒錯就是奧姆幹的。可是雖然如此我對奧姆的好奇心還是壓制不住。為什麼這麼好奇呢？被世間這樣打壓，任何書店都不經銷奧姆的書了，他們還這樣活躍地出機關雜誌，這種教團體質，或不管怎麼打壓都打壓不倒還重新復活的可怕生命力，不得不讓我感到好奇。那到底是什麼樣的內容？還有信徒們現在真的又是什麼想法？我想知道這些。也就是說以一個新聞記者式的眼光來看。因為看電視他們也不會報導這些的。

——你對地下鐵沙林事件本身有什麼感想？

那鐵定是不對的，不可原諒的。這個我可以確定。只是麻原彰晃和每一個下面的信徒，我覺得必須分開來考慮才行。因為末端信徒並不是每個人都是犯人。下面的信徒有很多人真的心很單純。我認識很多這種人。我覺得他們很可憐。終究他們只是無法接受世間的體制，不能適應，或被彈出來的人，這些人才會進到奧姆裡面去。我喜歡這些人。我還是可以跟他們做朋友噢。我跟他們比跟能在世間很適應地過一般生活的人更容易感到親近。所以我覺得壞的只有麻原彰晃一個人。應該集中在這一點上。麻原還是很強噢。我覺得他很有力量。

不過很奇怪的是，跟警察接觸很多次之後，居然覺得親密起來了。剛開始只有覺得害怕，不自在，可是漸漸的開始覺得像變成朋友一樣了。你知道出現在電影《小精靈》（*Casper*）裡的惡靈嗎？剛開始覺得可怕難過，可是接觸幾次之後卻產生友情了。跟那個一樣。所以當他們問我，「怎麼樣，奧姆有沒有寄郵件給你？」我就說：「有啊，寄了這樣的東西來。」把手邊的東西毫不保留地交給他們。這樣做以後，警察也自然帶著誠意親切地對待我。於是我開始想：「啊，警察裡面也有心地純良的人，誠實的人哪。」他們只不過都在很認真負責地努力執行任務而已。所以對我來說，只要他們拜託得有道理，我這邊自然也必須講道理。人家以誠意待你，你也要以誠意回報人家才行。

過年的時候，高橋小姐的母親寄賀年卡給我。她母親寫說「一切都是我們不對」。其實高橋的母親最初也是熱心的奧姆信徒。還接受過入信儀式。於是我想無論如何都要見到高橋小姐才行。我想跟她談很多事情。我跟警察也提過這個。我說「我很想跟這個人見面」。我連那張賀年卡都拿給警察看。

或許因此警察想到，「對了，何不讓這傢伙去當線民呢」。於是有一天××警察局找我去，提出：「你有沒有興趣當警察的間諜？」是不是用到間諜這字眼，我現在已經記不清楚了，總之是這種意思。也就是到奧姆裡面去，把資料拿出來，交給警察，問我願不願意做。我當然沒有意思做間諜。我只是想跟奧姆的人接觸而已。可是已經上了船，而且跟警察也處得不錯了，所以我想好吧。乾脆幹一下看看。

我這個人，確實是很容易動搖的。既孤獨，又沒有朋友。在公司上班一直也在最底層，總是挨罵的份。沒有人把我當一回事，沒有人好好理睬過我。所以當警察誠心誠意拜託我說「加油，幫我們蒐集一點資料回來」時，真的讓我覺得非常高興。就算他們是警察，可是當你能跟他們溝通交流時，還是很可喜的。我跟我們公司（運輸公司）的人幾乎談不來，當然也交不上朋友。奧姆的人都不見了，高橋小姐又出家了，連到哪裡去了都不知道。所以我想如果是短期間的話做做看也不妨。於是我才說「如果只做一下的話倒也可以」。這實在不妙。

——可是你做警察的線民，對你有什麼好處嗎？

對我來說，總之很想跟高橋小姐取得聯絡。我很想設法把她拉回來。我的心情倒不在做什麼線民，只想設法跟奧姆的人接觸上。可是如果沒有警察的幫忙而繼續做這種事的話，我很怕又被當作是奧姆那邊的人。那樣的話可能會被當成罪犯。這樣倒不如乾脆在警察的許可下行動，應該會比較順利。我還想或許可以多勸一個信徒回到這邊來。結果這也許太狡猾了。很狡猾，對嗎？

——是不是狡猾先不管，可是好複雜啊。

是很複雜。可是如果就這樣不管的話，高橋小姐很可憐，這是當時占滿我腦子裡的想法。這樣下去的話，她一定也會被當成罪犯來處理。可是想說服她，也不知道她現在人在哪裡。現在如果有警察幫忙的話，說不定能得到這方面的消息也不一定。我這樣想。結果最後還是不知道她的行蹤。我經常問他們，可是警察好像也沒辦法掌握這消息。只知道現在她還在出家中。不過或許知道了也不告訴我也不一定。

不管怎麼說，我潛入奧姆的計畫並沒有付諸實行。因為奧姆的福井分部和金澤分部不久就解散了。換句話說，北陸地區的奧姆已經潰散了。所以即使有間諜，也沒地方能派上用場。

——結果倒是這樣比較好噢。對了，你對諾斯特拉達姆斯的預言有興趣嗎？

非常有興趣。我現在三十六歲（採訪時），我們這個世代受諾斯特拉達姆斯的影響非常大，比方說我吧，就以諾斯特拉達姆斯的大預言為根據，來做我的人生規劃。我有自殺願望。我很想死。真想現在就死掉。不過再過兩年世紀末的終極就快到了，所以我勉強忍耐到那時候，我這樣想。也很想親眼看一看，到底最後會發生什麼。所以我對有設定終極的宗教，也非常感興趣。除了奧姆之外，我也跟耶和華的證人那些教會的人接觸過，常常跟他們談。不過他們的話真的很亂來就是了。

——所謂終極，也就是說現在所有的體制將全部歸零嗎？

重新設定。對人生按鈕重新設定的憧憬。我可能是藉這樣的願景想法，得到淨化（catharsis），或得到心安吧。

上次我在書上讀到採訪小學生對宮崎勤事件的看法，其中有小孩說「宮崎這個人頭腦很好，知道人的未來會怎樣，所以覺得做什麼都可以」，這讓我很吃驚。因為連小孩都這樣想。「這樣的世間，不可能長久下去的」，我想這樣想的人一定很多。尤其是年輕人、小孩子。

「對我來說，尊師應該是最終能為我解答疑問的人」

寺畑多聞　一九五六年生

寺畑先生是奧姆真理教現在的信徒。他跟幾個同伴一起住在東京都內一棟兩層樓的公寓裡。一般來說如果別人知道你是奧姆信徒的話，幾乎沒有人會把公寓租給你，但這裡的房東卻非常能理解，他說「如果你們（要重回社會）沒地方可去很傷腦筋的話，就住到我這裡好了」。本來有奧姆信徒的地方就像招引蟑螂一樣，採訪過程中榻榻米上可以看到很多人來來往往。房東這方面也很傷腦筋吧。附近的人知道他們是奧姆信徒，視線還是冷冷的。

他一九五六年生於北海道。父親是公務員，常常調動。他有一個弟弟。外表看起來他是個極普通的孩子，不過從小開始有時候就會長久沉思「自己為什麼活著」。這種傾向或許是奧姆信徒的一種典型吧。思想上從哲學到佛教，然後西藏密教、奧姆真理教，走過這樣的路程。他當過小學、中學老師，而在三十四歲時出家。發生地下鐵沙林事件時，他屬於奧姆的防衛廳，正在做宇宙清淨機的維修工作。

現在每週當一次家庭教師，以這種打工方式勉強糊口。當然生活很苦。他笑笑地說：「能不能幫我介紹學生？」看起來是一個認真而穩重的人，我想像他一定是個好老師。當我們談到他在教那些教團設施裡出家信徒的孩子時，他的臉自然就露出笑容來。

他房間裡有一個小祭壇，擺設有「麻原教祖」的照片，和「仁波切猊下」（新教祖）的照片。

我從小學到高中一直在北海道，大學也在北海道上。雖然沒有刻意想當老師，不過我母親有事沒事就說「你大概只能當老師吧」（笑）。考大學時重考了兩年。一年是因為身體不好。有一段時期因為心裡懷著哲學性的糾葛之類的，悶悶不樂，到醫院檢查，結果血壓竟然高到一百八十左右。因此在家療養。吃降血壓的藥。是啊，我性格上往往容易落入沉思。也很在意周圍人的想法。所謂「哲學性的糾葛」，就是說比方自己想「我必須這樣才行」，可是自己又辦不到時，就會陷入討厭自己的狀態。現在想想，當時太年輕還太僵硬。

我專攻的是小學教育，在研究室學的是教育心理學。我選擇小學是因為喜歡小孩的關係。而且同時在我心中，也有憑自己的力量無論如何都無法解決的問題。好像自己該如何活下去才好之類的問題。所以我思考既然常常思考這些事情，或許反過來可以向小孩學習也不一定，我有這種想法。也就是所謂的可以教學相長吧。

大學畢業後，我在神奈川縣找到小學教員的工作。在地方教員考試中我考上了千葉縣和神奈川縣，這兩邊我覺得都可以，不過最後我選了神奈川縣。離開北海道我並不難過，因為我已經習慣搬家了，而且我想到哪裡都可以交上朋友。小學在××市。那算是個鄉下地方。

在那個學校我從第一年開始就當班導師。從二年級開始帶，然後三年級、五年級、六年級。一班有四十個學生，剛開始很不簡單。我好認真投入噢。我記得最清楚的是第一次到學校時，孩子們因為新的年輕班導師來了，大家好興奮都互相拉拉扯扯的挺身出來。七嘴八舌地「老師、老師」，喊著「我賽跑跑得很快喲，你看」，我說「我在看哪」，於是他啪一下猛衝出去，結果就那樣撞到牆上去，在那邊開始哇哇地哭起來。第一天開始就這副德性。於是趕快把他送到保健室去。

不過在小學教書很愉快喲。我前前後後當了十年教員，對我來說，在教五、六年級的時候是黃金時代。跟家長也相處得很融洽。大家常常聚在一起唱唱歌、吃吃自己親手做的點心。在教職員室也沒有什麼不愉快的事。大概因為我還年輕吧，很多事情大家對我都很寬容。

婚事也被提過幾次。家長們主動來跟我提。而且也實際交往過一段時期。可是因為我心裡一直有一個想法「我有一天可能會出家」……

——你很早就已經有這種想法了嗎？

是的。在我遇到奧姆之前，就想過要出家。不過我本來的想法是等到六十歲退休以後，以隱居的形式出家，屬於這種比較穩健的想法。

我剛剛上大學的時候，曾經為尼采和 Sören Aabye Kierkegaard（譯注：丹麥詩人、存在哲學鼻祖，1813-55）而強烈傾倒，後來才漸漸被東洋思想所吸引。尤其是禪。我讀了各種禪的書，自己一個人在家裡練禪。也就是所謂的野狐禪。不過我對禪所提到的禁慾部分覺得有點無法接受，其次——以時期來說，我想正好是就業的那個時期開始——我對真言密宗漸漸開始關心起來。尤其是對空海（譯注：真言宗的開宗鼻祖，即弘法大師。於西元八〇四年赴唐研習密宗祕法，八〇六年返國。著有《三教指歸》、《十住心論》、《性靈集》、《文鏡祕府論》等。於高野山開創金剛峰寺）。因此我去爬高野山，暑假到四國的各個寺院去巡禮，到京都時就去東寺之類的寺院參訪，做過這一些事情。

說起來日本的佛教常常被人家輕視為葬禮佛教，不過反過來說，畢竟經歷過漫長歲月，耐過風雪摧殘才留下來的，對嗎？我想在這種傳統之中，一定也有人在真摯地實踐佛教的。在這層意義上，我對所謂新興宗教並沒有太注意。不管看起來是多麼美好的樣子，頂多也只不過才三十年或四十年而已的東西。所以我只想在真言宗裡研究修行。

我在小學教了四年，可是學校突然問我要不要轉到中學去教。地點在同一個市區，就在跟原來的小學只隔一個操場的對面那邊。我其實不太想去。很想留在原來那個小學。可是那正好是個小學生人數減少，中學生人數增加的時期。因為我有理科教員證書，以資格來說沒問題，可是教小學和教中學教法本身卻不同。這中間的差距讓我相當煩惱。而且很不湊巧的是，我原來帶的六年級學生，正好直升那個中學，就那樣又成為我的學生了。所以這些學生的對待方式讓我很費心思。因為他們都知道我是從小學轉過來的老師，所以特別不好對付。他們一直在快速成長中，而我卻已經停止成長了。就算當中學老師，如果是轉到完全不同區域的中學的話，我想倒沒有什麼問題。

在轉到中學後的第四年，我第一次看到奧姆出的書。我在書店看到小版本叫做《Mahayana》的機關雜誌，我買來讀。那還是初期出的吧。大概是第四期或第五期。裡面集中提到密教瑜伽部分，我對這方面還知道得不太多。而且那時候我也還沒看過中澤新一先生的書。所以我想再進一步多了解一些。

有一次在一個星期天，我跟一樣也是老師的同事一起到新宿去買教材。回程搭小田急線的電車時，正好豪德寺車站附近有奧姆的世田谷道場。因為剛好有時間，所以我想順便去看一看。那時候上祐先生正好來到道場講道。題目叫做「頗瓦的集合」。用意在提升大家的精神性頗瓦（譯注：藏文powa，牽識法，即對臨終者施行的引導）。

聽過之後覺得果然很高明。總之他說得很明快。用的比喻方法之類的很高明。尤其對年輕人有強烈訴求的地方。在說完佛法之後接下來又讓大家提問題，他針對問題所做的回答真是恰當，回答得完全符合對方的需要。

然後過了一個月左右我就入信了。入信時很清楚地說，先觀察三個月或半年，看情形怎麼樣，好像要再確認似的。入會金也只要兩、三千圓而已，年會費也只有一萬圓左右。很便宜。入信以後就可以收到定期刊物，也可以參加說法會。說法會分為對一般大眾的、對在家信徒的，和對出家信徒的。剛開始一個月到道場一次到兩次左右。

入信時，我並沒有什麼特別大的私人問題。只是不管在多麼好的狀態，總覺得身體裡面好像開著一個大風洞似的，心裡咻咻地響著。經常有什麼不滿的地方。如果很普通地從外表看起來，其實並沒有任何問題。我出家的時候周圍的人也說，到底有什麼問題？你不是沒什麼問題嗎？

——我想任何人的人生中都會有非常難過、悲傷或消沉的時候，就像自己的存在被從根本動搖一樣。你完全沒有這方面的經驗嗎？

沒有特別強烈的。怎麼說呢……想不起來。

夏天我到富士山剛成立的教團總部去住了三天兩夜。不過真正認真的定期到道場去是從那年（八九年）的秋天。每個星期六晚上我就到道場去，星期天回到家，繼續維持這種生活。平常日子就在家裡自己一個人修行。尤其是要接受力量加持（śakti-pat）的時候，必須某種程度預先調整好身體才行。因為能量移入這種事情是很敏感纖細的，所以精神必須很集中才行。打打坐、做做呼吸法、做做簡單的冥想，大約三小時的課程，這樣的課程必須拿二十個學分左右。就這樣，繼續做著之間，真的知道自己正在逐漸變化下去。對很多事情的想法變肯定、開始積極向前看。確實在改變著噢。

道場的人大家都很認真。很多誠實的人。不管是尊師也好，指導的人也好，都很誠實，感覺非常好。只是對外部的對應方面，怎麼說呢，我想有些地方如果能稍微技巧一點的話，可能會比較好。現在還是有這種情形。你想，比方說學生剛剛就業時，不是會有一點緊張不自然嗎？沒有社會經驗，總難免會這樣。跟這個一樣，就像涉世不深不懂人情事故的學生就那樣進到公司來似的（生硬的）印象很強。

我為了出家想辭掉學校的工作。於是我去見校長，說我想在三月學期結束的時候辭職。我也跟奧姆裡面稱為高弟的人商量。可是他們告訴我「不要這麼快下結論。你不妨再繼續工作一年，把該了的責任都完成之後再出家也不遲」。我自己心裡很煩惱，既然人家這樣說了，就決定再繼續努力維持現在的生活。

可是在修行繼續進行之間，不知道是不是所謂衝到什麼星象，潛在意識被引出來了，現實感竟然漸漸地變得越來越稀薄。本來在這種狀態時必須處於與現世隔離的狀態才行的。如果是在暑假的時候潛在意識出現倒還好，可是卻不巧在暑假之前出現。大約是在六月的後半段吧。說得極端一點，因為我是教理科的，有時在實驗的時候居然搞不清楚自己放過化學藥品沒有。因為會失去現實感。記憶變得模糊不清，自己所做的到底是夢還是現實，都變得無法判斷了。

意識跑到那邊去，然後必須回到這邊來才行的時候，卻不能順利回來。這在經典中也有提到，當修行達到某個階段時臉上會出現這種分裂式的神情。而我就是到了這個階段。這樣一來，就失去自己所依憑的確實的東西。我因為對「自己所處狀況是這樣」還有自覺所以還好，但搞不好也許就變成分裂症了。因此我漸漸害怕起來。這種分裂症必須立刻治好才行，可是這到精神科醫師那裡去也不行。只能從修行中去調整，其他沒有辦法。那麼還是只能出家。如果自己心裡失去了可以依靠的東西的話，接下來只能委身於教團。而且，我本來就是個打算有朝一日要出家的人哪。

我再去見一次校長，告訴他我還是想辭職。教師在學年中間把工作丟下不管，這是很嚴重的事。校長對我的立場和心情都很能理解，總之讓我在暑假結束以前暫且先採取請病假的方式，可是我一旦出家之後，可沒那麼方便可以隨意來來去去。所以我相當勉強地好像拋開一切似地斷然辭掉了學校的工作。因此連招呼也沒打。這方面我想一定為很多人帶來麻煩。如果人家要罵我「沒責任感的傢伙」也是沒辦法的。

我是在七月七日出家的。學校的勤務是到七月底為止。出家時我也跟父母親聯絡過。我父母親立刻來找我。六月底，我那時已經請病假人在家裡。父母親氣得不得了。我雖然已經費盡唇舌想說服他們，可是實在無法完全說服他們。不管怎麼說都沒有結果。我父母親知道我關心佛教，一直在做這方面的研究。可是他們不承認奧姆真理教是佛教。於是我跟他們說明雖然奧姆看起來好像是那樣，可是根本上卻是佛教。從表面上看起來，有些地方會讓人家那樣想也是沒辦法的。

他們叫我立刻回北海道。還說你要回北海道，還是到「那邊」去，現在立刻給我做一個選擇。年輕時候想做什麼也許都還可以重新來過，可是過了三十歲說要重新再來一次，可沒地方讓你去了噢。我為這個也很煩惱。可是回北海道的家裡去，還不是只能繼續過和以前一樣的生活而已。什麼也解決不了。我想我處在這樣的（精神上有危機的）狀態中，還是只能往佛教的道路走到底，沒有別的路可走。所以就那樣出家了。不過那時我確實也煩惱了相當久。

還有我同事裡有一個老師跟我處得很好，他每天帶著啤酒到我住的地方來，哭著說服我「你不能去喲」。不過我想做的是，我從小開始就一直想做的事。所以我只能說「很抱歉，請你還是讓我去做我想做的吧」。

出家之後立刻就到九州阿蘇的波野村去。在那裡做土木的工作。正好教團設施的建築物屋頂剛蓋好的時候吧。工作雖然辛苦，不過也有它有趣的地方。怎麼說呢，因為交給你的工作是跟你以前所做的完全不同的工作，覺得好像在用完全不同部分的腦筋，這倒很新鮮。然後回到富士去，在那裡做各種工作，其次又去做上九一色村的第二道班。我隸屬於叫做鋼筋班的單位，在原有鋼筋工人的下面作業。

剛出家那段時期，叫做「積功德」。主要是做這些服務性的工作。雖然也做一點修行的功課，但幾乎都在做工。但跟當教員時不同，可以完全不必考慮人際關係，也沒有什麼責任可言。跟在最下面的底層，就像一般公司的新進員工一樣，你只要把上面交給你做的事情一一照做就行了。精神上真的很輕鬆。

不過，就像我父母也說過的那樣，年過三十之後，從世間的價值觀脫落下來，並不是沒有感到不安。心想如果這樣也行不通的話，該怎麼辦呢？不過，相反的，只能拚命修行，現在要回頭已經不行了，這種心情逐漸增強。不能太天真。既然出家了，就必須緊緊抓住什麼重要的東西，半途而廢只會變得更悽慘。

然後第二年（九一年）九月再度回到阿蘇去。這次是進到所謂的「兒童班」，我的工作是去教那些攜家帶眷出家人的小孩。總共有七十到八十個左右的小孩。我專門教理科。其他也有別的專門教國語、英語的人。大多原來是做老師的，或有教員證的人。我們自己編教材，以接近真正學校的做法在做。菊池（直子）老師也在教育班教音樂。因為她是教育大學畢業的。

──在那裡是不是也做不少宗教性的教育？

國語課有的採用經典為課本。不過理科跟教義不太有關係。理科如果採取奧姆流的教法的話恐怕有一點問題，「怎麼辦？」我曾經問過開祖（指麻原），他說「理科方面的話，理科就是現世，所以教什麼都沒關係」。我還重新再問一次，這樣真的可以嗎（笑）。所以還滿輕鬆的。我把電視節目錄影起來當作教材用。還有把以前教過的東西照著用，自己照自己的意思編教材來教。這樣教得還滿有趣的。中途又從阿蘇轉到上九換了地點。小孩也被從一個地方轉到另一個地方。我也教到開祖的孩子，所以他（麻原）常常會對我說「孩子好像學得滿開心的噢」。不過教孩子大概只做了一年左右，然後就進入修行了。

如果只限定在宗教方面的話，尊師確實是擁有相當力量的人。這個我想還是絕對沒話說的。他很擅長看對象針對那個人說法，能量也很強。我在很久以後才轉到一個叫做防衛廳的地方。在那裡做一種叫做宇宙清淨器的裝設和維修工作。因為這個關係，一星期有兩次會定期到尊師家裡去。我負責做尊師汽車清潔器的維護。這時候有直接對話的機會，他對我說了各種很有啟示性的話。我聽了以後，深深感覺到他真的很為我設想，很認真地為我的成長考慮了很多事情。那種姿態，跟在公開審判時的各種樣子比起來，有很大的差距。

在審判時常常聽到那些證人說「我們必須絕對服從尊師的命令」之類的話。可是以我個人來說，如果他命令我說這樣做，而我覺得無法接受，而請示「可是，這不是應該這樣嗎？」，他也會變更「噢，明白了，那麼就這樣做吧」。這種情形也有過好幾次。只要你說出意見，他就會改成你可以接受的方式。所以以我來說，倒不太感覺到他的強迫性。

——也許他會因為命令的種類，和命令的對象不同而顯示出不同的臉色吧。

這個我就不知道了。可以說身在竹林中，分不出東南西北，也許不同的人對尊師擁有個別不同的印象，而各說各話吧。

——對寺畑先生來說，所謂尊師．麻原是什麼樣的存在呢？雖然同樣都稱呼師父、尊師，可是對信徒們來說卻各別擁有不同的印象吧？

對我來說，尊師是精神上的指導者。倒不在於預言準不準之類的，而是關於佛教的教化方面，說起來應該是最後能為你解答疑問的人。能為你解釋。所謂佛教，不管你讀了多少原典、經典，都只不過是字面上而已。一個人不管多詳細地閱讀原典，雖然也不算是野狐禪，不過很容易落入自以為是的歪曲解釋。應該不是這樣，而是必須通過正確的修行，一個階段一個階段正確地逐步理解下去才行。在攀升一段之後，站定下來，再一次確認檢討各種事情，確認一下，啊，自己已經進步到這裡了才行。必須這樣反覆進行。而且繼續這樣做下去時，真的必須要有為你指導正確修行方向的老師。就像學習數學一樣。在到達一定的程度之前，只能相信老師所說的照著做下去，沒有別的辦法。現在記住這個公式，接下來記住這樣的數學公式，就像這個樣子。

——可是到了中途的階段時，也會浮現疑問，懷疑「這位老師說的真的正確嗎？」對嗎？

例如馬其頓山的世紀末大對決（譯注：Harmagedon, Armageddon 世紀末善惡決戰場，新約聖經啟示錄中提到，千年終結一次，於世紀末將有大災難、大審判和善惡大決戰），**或 Freemason**

之類的，寺畑先生您相信這個嗎？

我想 Freemason（譯注：共濟會，由十八世紀的啟蒙主義精神所產生，以實現和平與幸福為目標的世界性規模的博愛主義團體，會員廣布政界與藝文界各階層）的事情有一部分是有的。我並不是真的完完全全接受 Freemason 如何如何的說法。不過我是以更廣義的狀況來掌握所謂 Freemason 這字眼的，我這樣想。就像是一種精神荒廢了的物質主義一樣的東西。

——奧姆真理教到了中途卻變質了對嗎？暴力部分的色彩逐漸加深。還製造槍械，研究開發毒氣，實施凌遲私刑。對於這種轉變，你有沒有感覺到什麼？

我並沒有這種自覺。是後來才知道曾經發生過這種事情，在裡面的時候完全不知道。只是在裡面的時候，感覺到外來的壓力好像增強很多。身體不舒服的人、健康搞壞了的人也增加了。我這樣說或許不很恰當，不過像間諜似的人也逐漸混進來了。

——實際上誰是間諜，你直接知道嗎？

這個倒不知道。不過既然有公安在跟蹤監督，當然就會有相當人數的間諜混進來。不過倒沒辦法證明。

就拿地下鐵沙林事件來說，社會上從頭到尾都認為是奧姆做的，但其實是怎麼樣呢？確實犯罪的主體可能是奧姆所做的，可是在其他方面看起來好像也有很多人、很多團體，在很多部分也有關聯的樣子。可是我覺得這個事實如果逐漸弄清楚下去的話，也許事情會變得很大，倒不如就當成這樣算了，好像有這種意志在操作的樣子。當然這很難證明。

——大概很難。不過話題回到在教團裡的生活吧。在教團裡的生活是不是很淡泊呢？

不，教團生活還是有它的糾葛。我最初去阿蘇的時候也嚇了一跳，心想為什麼有這麼多無謂浪費的事呢？比方說好不容易才剛剛蓋好的建築物立刻又破壞掉。說是蓋得跟想要的不符合，就那樣啪一下全拆掉。這簡直像學校在辦文藝節活動一樣嘛。像文藝節的模型也是大家拚命努力一起做出來的，可是一結束後就會啪一下全拆掉，對吧？就跟那個一樣。在學校的行事活動中所謂文藝節是最花錢的。那麼為什麼要特地大費周章地去辦呢？是因為大家在一起合力去做的過程中，可以學到各種要素。比方說人際關係的處理方式、所用到的各種技術，這類眼睛看不見的要素。因此才拚命去做什麼東西，然後再破壞。所謂修行，在某種意義上也是這樣。在這種共同作業中，自己心的狀態會浮現出來。

——也許只是計畫太粗糙而已。

或許是這樣噢（笑）。不過這也沒辦法。只能當作這樣來接受。日本企業也是這樣，或多或少都是這樣吧。

——可是沒有企業會建起水庫，然後立刻又把它毀掉的。

嗯，應該不會做到這個地步。

——對於這種隨便，難道沒有人抱怨或訴苦嗎？

有啊。有人會抱怨，有人不會，人有各種人。

有一段時期我曾經進到村井先生底下的科學班。當時為了做大鼓，於是研究豬皮的鞣製方法。需要經過各種處理過程（笑）。於是我到鞣革研究所去做研究，還去調查木頭要用什麼樣的木頭。一切都得從頭學起，完全從基礎開始。我實在不知道做大鼓的木框要到什麼地方去找正確的木頭才好。結果，只能有點半吊子似的隨便應付著做。後來我做的是剛才提過的宇宙清淨機的研究開發。也就是巨大的空氣清淨機。

然後由於跟宇宙清淨機有關係，就轉到剛剛成立的「防衛廳」去。那是九四年的事。真不得了噢，這名字（笑）。從土木，到科學，然後到防衛廳。我覺得像在做遊戲一樣。基本上就像小學的分組一樣。大家決定分擔的任務，然後有小孩負責擔任「總理大臣」之類的。誰會想到真的要建立一個國家，這種事情想都沒想過。

我所做的是宇宙清淨機的維護工作。我們總共製造了六十個左右裝在戶外的巨大宇宙清淨機。後來又陸續製造了室內用的宇宙清淨機、活性碳清淨機，這樣進化下去。這全部都要由我們來維護。說得明白一點，這些維護起來比製造還困難。麻煩也很多。一下子液體外漏啦，一下子馬達不轉啦之類的。

——有沙林毒氣工廠的第七道班也裝有宇宙清淨機吧？

那裡我沒進去過。如果進去過的話，我現在一定不會在這裡。

九五年三月二十日，地下鐵沙林事件當天，我正在第二上九等著預備接受強制搜索。因為當時已經知道有警察要來強制搜索了。我想媒體方面也會來幾個人。不過上午九點那個時候還沒有人來，所以我想今天大概不會來了，於是回去工作。就那樣我打開收音機，結果廣播說東京方面地下鐵發生了奇怪的事件之類的。不，其實是不可以聽收音機的，不過還是順手打開來聽（笑）。於是我還跟旁邊的同事談到「這種事情可能又會推到奧姆身上噢」。大批人馬湧進來強制搜索則是在那之後第三天。

——寺畑先生，你現在認不認為是奧姆教團的一部分人引起地下鐵沙林事件的？

認為。就像剛才說過的那樣，對我來說，現在還有一些無法認同的部分，不過當事人既然都自己招出來，而且已經在開庭審訊了，我想應該就是這樣吧。

——關於麻原的責任你認為怎麼樣呢？

如果說有責任的話，應該要接受法律制裁吧。只是就像我剛才也說過的那樣，我心裡所想的部分（關於麻原）和現實（現在在法院的麻原）之間實在有太大差距了……做為一個尊師，一個宗教家，（麻原心中）還是有過很不簡單的東西，所以我現在還想繼續觀察下去……

我進入奧姆真理教所得到的美好部分，說起來在我心中還是具有相當份量。不過那個歸那個，壞的地方畢竟還是壞的，這也許必須做個清楚界定才行。我現在正在做這個。在自己心中。從今以後到底會變怎麼樣呢？老實說我也不知道。也不知道我自己會怎樣。

只是，我想一般人對佛教和奧姆真理教，可能還有這是兩個完全不同東西的印象。如果光以「心靈控制」這個語言來簡單解決的話，至少我就想說沒那麼單純。我是從二十幾歲到三十幾歲，說得誇張一點，賭上我的「實際存在」一直追求過來的。

西藏密宗的修行是師父與弟子一對一的關係，以絕對皈依在進行的對嗎？可是比方說，剛開始你覺得他是一位非常好的師父，但後來卻因為某種原因而變得怪怪的，這種情形下，以電腦來說就像中了某種電腦病毒，機能出了問題的情況，有沒有檢查這種問題的類似第三者的體系，大概沒有吧？

這個我想應該是不知道的。

——這本來就含有危險性。因為是絕對皈依呀。這次幸好寺畑先生跟這事件沒有牽連倒還好，可是從理論上追究的話，如果你的尊師對你說「為了完成修行你去頗瓦」的話，你可能也不得不去做吧？

這方面來說，我想任何宗教或許都有讓人質疑的地方。不過假定師父叫我去做，我想這種事情我也做不到。嗯，或許這也可以說是我的皈依還不完全吧（笑）。沒有把自己的全部都交出去。相反的，也可以說我有類似這方面的弱點。還有我這個人在個性上，不管任何事情，如果我認為不對的話是不會去做的。也許可以說比較重視常識吧。

——那麼如果能讓你認為這樣做是對的話，或許你就去做了也不一定囉。如果你師父好好的詳細對你說明「寺畑，其實事情是這樣的，所以現在你不得不去頗瓦」，你會怎麼做呢？

這個嘛，我不太清楚。怎麼說呢？嗯，真的很難說。

——我想知道的是，在奧姆真理教這個宗教的教義中，所謂自己到底是設定在什麼樣的位置？在修行中到底把自己託付給師父到什麼程度，在什麼範圍內是由自己個人在管理的？我跟你們談過話之後，這方面還沒有弄得很清楚。

所謂自己這東西，並不是都不會受到任何事情干涉而可以獨自成立的，實際上不可能，對吧？我們會受各種環境的影響。可能是受經驗影響，可能是受某種特定思考模式影響。那麼到底所謂的自己，到什麼程度是純粹的自己呢？你會開始搞不清楚。在佛教裡面，是從覺悟到過去自己認為是自己的部分，其實並不是真正的自己開始的。換句話說，其實離「心靈控制」最遠的，是佛教。或許這也很接近蘇格拉底的「無知之知」吧。

——所謂自己這東西，我想也可以分為表層性的部分，和深藏在裡面的潛意識性，像黑箱似的部分。而且有一種人把打開黑箱看成是做為探究真理的一種使命。也許這跟你所說的星象之類的很接近吧。

所以你是說也許把那當作追求知的手段而有冥想修行，往自己心中最深處逐漸進入嗎？從佛教的觀點來說，在潛意識深處，每個人都有本質上的偏斜或扭曲。我們要把那個調整過來。

——我認為人這東西應該同時進行打開黑箱的作業，和把那不打開就整個照樣接受，這兩種作業，我覺得如果不這樣做的話，很多方面都會有危險。可是我聽那些實行犯的說法，發現他們並沒有能夠這樣做。換句話說，他們沒有同時去解析和運用直覺。再說得明白一點，我認為他們只做解析，卻把直覺暫時託付給別人，自己完全不管了。看事情的方法變得非常靜態。所以當擁有動態觀點的麻原叫他們這樣做時，他們就沒辦法說「不」了。

這方面我也不太清楚該怎麼掌握才好。不過你說的我多少可以明白。也就是說智慧的部分和知識的部分對嗎？

只是，另一方面也有一部分人跟這次的事件完全沒有任何關係，他們只是一直在繼續拚命，為了追求自己心靈的成長和解脫而不斷努力。當然要說因為教團做了壞事，所以沒辦法啊，就沒什麼好說的了，不過實際上什麼壞事也沒做的人，卻為了一點微不足道的小罪而被逮捕，或在各方面被人家刁難厭惡。比方說我走在外面就會被警察跟蹤。想找工作，人家也東嫌西嫌的。離開教團設施的教徒，連住的地方都找不到。大眾媒體任意散播片面的消息。經歷過這些事情之後，更是越來越無法相信這個社會了。

有人說如果我們能拋棄教義的話，倒可以接受我們，可是會出家的人可以說動機很單純，或可以說在某種意義上精神方面有一些弱點。如果能住在家裡跟普通人一樣地工作，一面修行，提升自己，能這樣的話是最好了。可是因為辦不到，所以才進入所謂出家這種暫時性的隔離狀態。這些人對現實世界的糾葛，或者關係到這種問題時，還是會有反感的。

我們的體制也改變了很多。從基本上改變。從外面人的眼光看來或許覺得沒有任何改變，其實內部改革很多。總之回到從瑜伽開始的最初那個階段。人家也許會說開祖的孩子就那樣升為教祖真是豈有此理，一點都不會反省。

——我雖然不認為是豈有此理，不過教團對於自己所做的事情，既不公開對整個事件做說明，承認是自己做的，也不反省或道歉，就那樣繼續做活動下去，我想世間任何人都無法接受。不能說「那是別人做的。教義基本上沒有錯。我們也是被害者」。我想並不是這麼單純的事情。在教團的體質上，在教義的成立中，應該含有什麼危險因子。我認為教團有義務對這個做一個總整理並對世人發表出來。然後才繼續做自己的宗教活動，這樣應該會比較好。

我們也想一點一點的做一些中間報告，雖然不是全部。不過很難完全做到總括報告。可是沒有媒體願意為我們發表。如果我們有錯，我們也希望大家能告訴我們。不過日本的佛教界卻不聞不問，什麼也沒說。

——那大概是因為你們只用你們的語言和文法說話吧。你們必須用普通的用語、普通的理論，跟普通人溝通才行。你們好像高高在上從上面對人說話，所以沒有人願意聽。

嗯，真是很難。用普通用語來說到底會變怎麼樣呢（笑）。不過，總之我們已經被媒體那樣片面地報導了，人家已經無法相信我們，或先入為主對我們已經有厭惡感。不管我們說什麼，一出現在媒體上，卻變成完全不同的文章。沒有任何媒體為我們傳達我們真正的意思。像今天這樣能好好聽我們說話的採訪，以前就從來沒有過。就算其中有人很有誠意地叫我們講出來，老實說也很難。當然其中有一部分要說是我們努力不夠，確實也沒辦法。

只是能夠追究到什麼程度呢？畢竟最關鍵的麻原開祖自己幾乎沒有把他的本意說出來。關於這個事件，我想全部歸根究柢都會集中到那裡去。在這種狀況中我也盡可能努力做，可是要把整個事件的來龍去脈清清楚楚地說明得讓一般人能夠聽懂，實際上相當困難。

我雖然還這樣留在教團裡，可是我希望大家能理解的是，出去的人並不一定認為「教團百分之百是壞的」，留下來的人也不一定認為「教團百分之百是對的」。我想其中也有很多人兩者都不是，而是在「一半一半」的搖擺中脫會離開，或留下來的。因此像媒體所描述的那樣，留下來的信徒都是信仰堅定的，其實並不是這樣。相反的，麻原教的那些人大概都出去了。

一面在迷惑之下脫離教團出去的人，說不定明天又回來了，一面在迷惑中還留下來的人說不定明天會出去。大家都非常煩惱。也有出去的人私下找我商量，我也跟他們談過。我也是到現在才稍微輕鬆一點，有一段時期我還一直在反覆思考怎麼做才能重新回到社會呢。

我現在一面靠做打工性質的家庭教師一面過日子。跟這裡的成員一面互相幫忙，一面過著共同生活。住在一起的同伴，現在出去打工，做土木方面的工作。他說如果村上先生要來的話他很想跟你見面，可是他出去工作了（笑）。大家都是不固定的打零工方式。隔壁房間住的是卡車司機。他倒已經做很久了。當然如果說出自己是奧姆信徒的話，絕對找不到工作。所以我們對工作單位都不講。

我們住在這裡一個月房租付四萬二千圓。有淋浴設備，但是沒有浴缸不能泡澡。除了房租之外，生活上其他方面幾乎都不花錢。不看電視。吃飯是配給的。嗜好品一概不買。其他只有水電費需要花一點。這樣子兩個人一個月大約以六萬圓左右維持生活。現在的學生一個人一個月都要花十萬圓左右對嗎？我們大概都這樣省省的過日子。

雖然媒體上寫說奧姆在經濟活動上很活躍，其實沒有這回事。當然所謂阿雷夫株式會社這個奧姆的關係企業還繼續在營運，不過因為警察的介入干擾，經營並不容易。出家信徒中也有一些無法出去工作的老年人和病人，他們的生活也必須由我們來照顧。這些人的飲食起居，大家必須一起承擔，互相扶持，守望相助。所以老實說，經濟上並沒有什麼餘裕。

──寺畑先生以前教過的那些奧姆的小孩現在都怎麼樣了？

大家都先回去（世間），在普通的學校上課。要養孩子光靠打零工是無法維持的，所以父母們都放棄出家，回去就正式的職業。不過我想他們找工作一定也大費一番苦心吧。

孩子們怎麼樣了，我也不太清楚。因為也有很多是勉強被帶走離開父母親的，所以有些小孩可能留下精神上的後遺症也不一定。現在還有一些小孩被迫跟他們的父母分開。不過那些小孩可以說本來就很強悍，大家都很頑強，在裡面要教他們也很難，所以說不定現在很順利呢（笑）。嗯，怎麼會變得那樣強悍噢。我真搞不懂。總之他們跟外面的小孩不一樣，精力非常充沛，簡直像以前的頑皮小鬼一樣。他們反正就是不聽你的話。我實在搞不過他們。

我們的指導方針本身是不主張打學生或用這類暴力手段的。我們的基本方針是一面好好跟學生溝通一面在理論上說服他們。比方說我們是出家人，如果不好好遵守出家人的戒律的話，是沒辦法說服他們的。比方說如果自己抽菸，還叫對方不要抽菸一樣。沒有說服力。因為小孩子在這方面看大人看得很清楚。他們不知道被帶到什麼地方的什麼單位去了，不過接受他們的那些單位的人一定也很辛苦吧（笑）。

「這簡直就是人體實驗了嘛」

增谷始　一九六九年生

他一九六九年生於神奈川縣。父親是上班族，原來是「非常普通的家庭」，但他在家裡逐漸感到不適應，後來幾乎跟家裡人都不說話了。對運動或功課都完全沒興趣，只喜歡畫畫，從小學開始就一直參加美術部的社團活動。

上大學時讀的是建築設計。本來他對宗教性的東西並沒有特別關心，不過在幾個新宗教跟他接觸之後，開始感興趣，分別聽過他們的談話之後，最後覺得奧姆真理教團的教義最有吸引力，就入教了。

在地下鐵沙林事件發生前不久，他因為批評教團的營運方針，而被關進上九一色村的單獨禪房，他發覺自己正身處危險之中，於是逃走。結果被教團開除。

他是一個凡事都要以理論來思考的人，所以基本上對奧姆採取批判性的態度，不過可以接受的方面，也不吝於給予好的評價。在修行過程中雖然經歷過若干神祕體驗，不過對世間所謂的「超能力」、末世思想或Freemason共濟會的陰謀說，幾乎不感興趣，對於教團後幾年朝這方向進行，他在內部時就覺得不太認同。只是雖然一方面懷著疑問感到失望，但一直到現實上身體已經面臨危險之前，要不顧一切地脫離教團逃出去似乎也不容易。

現在他隱藏起「原信徒」的事實，一面打工一面獨自一個人生活。他花了很長時間向我吐露他的心情。

對於活下去，我並沒有什麼特別重大的不滿，也不覺得困難。只是對自己在這個社會上，這樣活下去，經常感到某種類似「不足」或「不滿」的感覺。我對藝術有興趣，也曾經對畫畫很投入。可是想到「難道就只是畫畫，從中獲得一些收入，一生就這樣過下去嗎」，想到這裡，心情好像一下子變得很冷靜清醒了。在那之間，我上大學時在書店發現跟奧姆有關的書，讀了之後對內容產生共鳴，心想與其這樣畫畫，說不定朝宗教方面去實踐，會更接近自己心中真實的東西也不一定。我開始這樣想。

我第一次到奧姆的道場，是在京都。碰巧有一次我一個人到關西旅行時，知道京都正召開道場活動，心想好巧就過去看看。道場非常樸素。在出租大樓之類的裡面辦，祭壇也真的很簡單。不像一些既成宗教那樣注重外表花錢擺排場，當時我覺得感覺相當清廉。穿的衣服也真的很樸素。松本先生（麻原彰晃）也來了，而且還有機會聽他說法。

松本先生說話的內容，老實說我並不太懂（笑）。因為旅行有點累，聽到一半我就昏沉沉地睡著了，不過可以感覺到說法本身有一種像強烈能量似的東西，好像在講什麼深奧的道理似的，我有這種印象。現在想起來，那時候的我，反而滿腦子只想到一些藝術性的直覺，或神祕性的感動方面，不太從理論上去思考事情。

說法結束後，聽說如果想了解得更詳細的人可以留下來，於是我就留下來，和據說已經解脫的村井秀夫做一對一的面談。村井先生本身並沒有神靈附身的奇怪氣氛，只是一個感覺普通的修行者的樣子。於是在談過各種身體上的問題之後，他就很突然地說「那麼，你就入教吧」這樣。現在想想這也是奧姆的常套手段，因為本來會去那種地方的人，大多都是有某方面欠缺的人，或想追求什麼的人。反正道場氣氛也不錯，如果你無所謂的話，人家就會叫你「入教吧」，於是順著情勢，當場就在紙上填寫下去。入會金是三萬圓左右，當時因為沒帶錢，所以回到東京以後才交。那是大學一年級的時候。

過一段時間之後我開始常常到世田谷的道場去，做的都是分發教團傳單的事。說是與其急著修行，不如先多做這一類的活動，以「積功德」。去到道場時，他們已經把東京地圖分割成幾個部分，決定今天派這個地區，於是晚上就開車過去，說「你負責這一區的幾條街」，這樣分散著做。於是我們把傳單挨家挨戶塞進信箱。做得相當認真。工作結束時，就會感到「啊，動一動身體覺得心情真好」這種充實感。於是當時就會想「因為積了功德，所以尊師會把能量送來給我」。

——結果發現去派傳單比上學還有意思是嗎？

或者可以說人生方面已經改變了。不管怎麼學建築設計，而且不管工作多麼順利，這些結束後就什麼也沒有了。可是如果繼續修行積功德，最終能夠得到解脫的話，不如這方面比較好，會變成這樣想。

——在那個時點，你已經對現實生活不再感興趣，而把人生目標轉移到追求精神性東西的達成上，可以這樣掌握嗎？

是的。

——那些為本質性疑問而煩惱的人，從年輕時候就讀了各種書，接觸各種思想，不斷去反覆求證，並從那累積中選擇某種思想體系，我想是有這種典型，可是你並不是這樣。看起來感

覺好像比較以心情或情調為先，一下子就進入奧姆裡去了。

這個我想可能因為年輕吧。在還沒接觸各種思想之前，首先就碰到宗教，於是就一頭栽進去了。

不管怎麼樣，一面上大學一面參加奧姆漸漸覺得很難兼顧了。比重無論如何還是往奧姆移過去。課不太去上，學分也當掉，眼看著就要留級了。那時候，跟松本面談時，他就直截了當地對我說「你出家吧」之類的，正好在那樣的微妙時期，我想那麼就乾脆出家吧。

那是在做所謂密宗瑜伽（secret yoga），松本尊師（麻原彰晃）坐在前面，周圍坐幾個像是高弟的幹部，我坐在他們前面，提出個人的問題來請教，或懺悔。當時，還有做這種事情。一般信徒也可以直接談話。我想大概因為當時正在為了擴大教團組織、增加出家信徒的時期，所以與其深入思考我的事情，建議我如何如何，不如單純地多增加一個出家信徒吧。一起工作的成員也說「現實世界開始變得不順利，就是因為出現『出家的因果業』的關係」。然後我很快就出家了。那時候已經完全一頭沉迷進奧姆裡面了，對出家並沒有特別猶豫不決。既然尊師說「你出家吧」，弟子出家也是當然的。當時，我認為松本尊師是能夠解答我疑問的人。聽他說法之後，就會有那種信賴感。

在我還是出家前信徒的時期，正好遇到那次眾議院選舉，我也參與活動幫了一些忙。既然是尊師的意思，自己盡可能把上面交代的工作做好，其實我對選舉一點興趣都沒有。一面做著那些事情，一面還一一想道「什麼玩意兒嘛」，可以感覺到自己的那種格格不入（笑）。不過對我來說最重要的畢竟還是「解脫」，除此之外的事項，我都把它當作是跟本質不太有關的事情來分開想。就算那裡有跟自己的感覺不相容的東西，因為自己的感性和想法並不是一切，既然解脫者說「這是對的」，那麼其中必然有某種我所沒有察覺的意義存在吧。說起來奧姆的信徒，有抱著這種想法的地方。雖然自己不懂，不過其中一定有什麼深奧的道理吧。這樣想。

我家裡人雖然反對，不過家人的存在，本來在我心裡就很稀薄，因此並沒有什麼麻煩。我大學退學了，租的房子退掉了，擁有的東西也處分掉，我就那樣進入教團裡去。剛開始去的是富士山總部。可以帶進去的行李有一定量的限制，只有兩個衣服箱子而已。除此之外便孑然一身。這是九〇年的事。算起來我想我還是初期出家的信徒。

然後我被送到阿蘇的波野村去。當然工地上還什麼都沒有，建築作業完全必須從頭開始。首先要把山砍平變成平地，這樣沉重的肉體勞動。好像我大學是學建築設計的，所以派我到跟建築有關的地方，不過說是建築，其實我在學校所學的只不過是製圖而已。撇開強壯的人而選我為成員，我想有沒有搞錯，我說：「是不是弄錯了？」不過還是叫我「總之你就去吧」。結果野外作業只做了一天，我就對正悟師（名倉文彥）堅決地說「這個我不會做」。我實在沒有體力，做這種重勞動的工作真的不行。於是他們才把我調到生活班，做一些伙食的準備，和收發換洗衣服等的工作，因此而讓周圍的人看不慣。雖然這樣，在習慣那裡的生活之前還是覺得很辛苦。不過想到把師父交代的課題做好就是皈依，也就努力去做。後來漸漸習慣了，也就開始覺得「不怎麼樣」了。

中途也有很多人放棄。因為在阿蘇的時候作業很辛苦。很多人放棄而回家去。可是我想現在回到現世去也沒辦法，就留了下來。或者可以說，在那裡也有在那裡的滿足感。食物是所謂的奧姆食，相當舊的隔年米和煮青菜，每天每天都光是這個。這種生活繼續過下去之間，腦子裡會浮現「好想吃這個，好想吃那個」的念頭。不過想到「所謂煩惱也包含這些辛苦在內呀」，於是努力讓自己不要被這種事情所影響。讓這種辛苦逐漸昇華，就是一種修行。我本來就是過著一種接近素食者的生活，所以吃的東西方面並不覺得多痛苦。反而因為不再受到現世的種種所困惑，而能夠以泰然的心情過下去。

我在波野村待了多久呢……因為沒有月曆這種東西，所以完全沒有日期的感覺。我覺得待了相當久。待到幾棟建築物都建好為止。長久待在那樣封閉的空間裡，過著沒有變化的樸素生活，心裡潛在的焦躁逐漸增加。那種無處可去的感覺和想求解脫的心情之間，其實有很多矛盾的心結。

然後為了加入卡通班，我被叫到富士山總部去。那時候阿蘇已經不再是教團核心活動的據點，而變成一個完全被遺棄的地方了，因此老實說，能離開阿蘇我還覺得很高興。我在卡通班畫拍卡通影片用的畫。可是那卡通做得相當粗糙，我想怎麼這樣差勁。用卡通來說明松本先生（麻原彰晃）擁有這樣的超能力。比方說漂浮在空中之類的。不過如果是用寫實的做還好，用卡通，我想誰看了卡通都不會相信吧。完成的東西也令人不滿意。從這時候開始接近松本的機會增加了，可是相對的我心中似乎卻對松本、對奧姆逐漸產生不信任感。

後來我又參與了各種工作，終於，麻原彰晃下達指示「你開始修行吧」。修行、教學、冥想，然後是立位禮拜。修行雖然有精神上滿足的部分，不過我想也可以說很辛苦。除了上廁所和吃東西之外，一整天一直都在打坐。連睡覺也是坐著噢。從幾點到幾點是教學上課並接受考試。從幾點到幾點做呼吸法。這樣子每天進行下去。

這種修行大概做了幾個月到半年左右。過日子的感覺只是大概的，記不太清楚……。不過做久的人有繼續做幾年的。不知道什麼時候才能出去。師父看情形再決定什麼時候讓你出去，否則你就要一直繼續做下去。我常常很長期間都在做修行。師父要我開始修行，然後又要我回去工作，再進入修行，繼續過這樣的生活。

——所謂地位升高，是由麻原彰晃決定的嗎？比方說明天開始你可以去這一級之類的。

是啊。不過我完全沒有升級。也沒有得到法名。

——可是你不是已經出家相當久，而且也努力做了很多修行嗎？為什麼沒有升級呢？

所謂奧姆，有一點像是要在現實上對教團有很大貢獻的人，才能優先得到解脫。當然靈的層次高低之類的，某種程度也包含在評價中，但現實性貢獻的加分我想還是相當大。比方說男的學歷很重要。東京大學畢業的人，就比普通學歷的人可以比較早得到高度的解脫，可以從事比較重要的工作，可以當幹部。這種事情經常發生。女的情況又有不同，長得漂不漂亮很重要。是啊。跟現實世界並沒有什麼不同（笑）。

在這層意義上，我想我對松本來說只是個沒有什麼用處的人。我在某個時期之前，也以為自己地位沒有提升是因為努力不夠。可是大家似乎也都感覺到「尊師比較疼愛東京大學畢業的人」。我跟周圍的朋友們也都談過這件事。這種情形很奇怪吧。不過雖然如此，大家最後還是承認「這樣想終究還是自己的污點」，或「這是上輩子的業」，話就到這裡打住了。所以我想不管腦子裡有什麼疑問，壞的事情全部都會怪罪自己。相反的，有什麼好的事情則變成「這都要託尊師的福」。

——這真是非常有效的體系啊。可以說是再生，或者說全部都可以在自己內部處理解決掉。

這樣的結果，我認為是要讓我們把「自己」這東西消除的說辭。

大家剛進入教團的時候志氣都還很高。可是在裡面繼續生活下去，久而久之往往就漸漸失去這些了。不過會想到不管對奧姆多麼不滿，總是比回到現世充滿煩惱的骯髒生活中去要好些。擁有這種相同想法的人聚集在一起生活，所以留在那裡精神上也比較輕鬆。

——從九三年左右教團開始變質了，暴力性逐漸增加對嗎？這方面你有沒有感覺到什麼事情？

這方面我也有感覺。傳道說法逐漸轉向 tantra vajrayana（密宗金剛乘），大家都說「從現在開始要做 tantra vajrayana」，情緒激昂的人漸漸增加，在這期間我感覺自己無法認同這種（為達目的）不擇手段的教義。我覺得自己並不適合這種做法。當然那時候，我並不知道那到底是以什麼樣的形式付諸實行的。只是修行內容的異常性逐漸增加，比方在日常生活中也加入武術之類的，教團氣氛正在急速改變。我常常想到在那裡面我到底該怎麼活下去，我想了很多。

話雖這麼說，可是不管我怎麼想，教團還是強勢地往那個方向走，而且已經解脫的松本先生說那是最短的捷徑。既然這樣，也沒有辦法。接下來就只有選擇要不要留下來了。

還有從那時候開始，修行中還加入倒吊之類的做法。破戒的人腳被綁上鐵鍊，倒吊起來。這用嘴巴說聽起來好像沒什麼，不過這真是名副其實的「拷問」。在一次又一次地被倒吊之後，被吊過的人說，被綁鐵鍊的腳，血沒辦法順利循環，真擔心腳真的會廢掉。

所謂破戒，比方性慾破戒的人跟女人有那種關係，或被懷疑是間諜，或藏有漫畫書之類的事情。當時我工作的房間在富士山道場的正下方，所以常常從上面傳過來「啊啊啊啊啊……」的大聲慘叫。「你乾脆把我殺掉好了。死掉還比較好啊……！」之類的，簡直是慘叫。沒完沒了的繼續，非常痛苦得受不了所擠出來的，不成聲音的聲音。聽著真的好痛，覺得在那裡的空間好像被嚴重掐絞，扭曲歪斜了似的。在我一面工作中，就傳過來他們混合著眼淚的哀求聲，「尊師……，尊師……，拜託救救我，我下次絕對不敢了……」聽到這種聲音，真是不禁毛骨悚然。

激烈的修行當然自有它的意義。不過做到這麼嚴酷的地步，到底有什麼意義呢？我內心不由得懷疑起來。不過很奇怪，那些實際被倒吊起來過的人，很多現在還留在教團裡喲。也就是說把你百般折磨，讓你痛苦得死去活來，簡直到了極限，最後又對你溫柔地說：「你熬過來了，真好。」於是他們就會想：「啊，我已經通過考驗了。尊師，真是謝謝您！」

當然搞不好也會弄死人的。雖然沒有人告訴我們，可是實際上，像越智直紀就是這樣死的。後來終於開始使用藥物。我當然也接受了那個。接受過的人說那大概是ＬＳＤ吧。會產生幻覺，不過當作達到解脫的手段，卻不得不令人懷疑。

在裡面多多少少聽到一些傳聞，比方說修行中有人死掉，或企圖逃走被捉回來之類的事情。不過奧姆裡的傳聞，終究只是傳聞，因為不成資訊，所以到底是真的，或者只是傳聞，都沒辦法證實。而且就算有某種程度確實的資訊傳來，也因為這時候 tantra vajrayana 的教義已經進來了，結果信徒心中善惡的觀念已經被混淆，所以我想可能把那也想成「這也是救濟」，事情就帶過去了。換句話說，有「教義之前什麼事情都有可能」的教義。

當時教團裡盛傳有間諜滲透進來的傳說，因此用測謊器到處搜索間諜。教團裡全體信徒都被用測謊器測謊，說是儀式。不過我想這真是荒唐，如果教團已經掌握一切的話，就算不用這種機器，應該一眼就能看穿誰是間諜對吧？連這種事情都不知道，怎麼能引導這麼多人得到解脫呢？雖然如此，大家還說「這裡頭一定有什麼意義吧」，而默認了。

除了搜查間諜之外，有一次我被測謊，調查有關一個被關進單獨禪房、我最要好的朋友的事，我在測謊機前被問到各種問題。因為裡面有幾個我很不以為然的不愉快問題，所以結束後我就反駁上級說：「問這些問題到底要幹什麼？我覺得沒什麼意義。」實際上有關個人隱私的令人討厭的問題，刻意求證也沒有用。不過一定是我這樣得罪了上級吧，後來新實智光馬上就對我說：「你已經被調到別的部門，立刻去收拾行李吧。」就那樣被關進單獨禪房裡。我問關我的理由，也不肯告訴我。從那時候開始，一切都變得莫名其妙起來。本來是為了解脫而來修行的，現在卻變成像只是處罰的一部分了。所謂獨房是一間只有一塊榻榻米那麼狹小的房間。我被帶去的地方總共大約有十間左右這種獨房。每間分隔開來，門是從外面上鎖的。因為是夏天，本來就很熱了，裡面甚至還特別放暖爐。裡面有用寶特瓶裝的奧姆特製的飲水讓我們喝，在熱烘烘中讓你流汗，喝了水就變成汗流出來，在那裡繼續做所謂這樣的修行。可能是要把什麼壞東西趕出外面吧。當然沒有洗澡，滿身是污垢。污垢紛紛掉下來。上廁所也用便壺在裡面解決。整天昏昏沉沉的，腦筋幾乎已經動不了了。

——難得居然還活著沒有死掉啊。

嗯，死得了倒還比較輕鬆，所以我也想過乾脆死掉算了。不過人真奇怪，在這樣的狀況下居然還滿頑強的。被關進獨房的主要是那些動搖的人，沒有用的人，這類的人。什麼時候可以出來，當然不知道。因此我剛開始還下決心，「好吧，我就在這裡認真修行。」拖拖拉拉的應付著，永遠也無法從這裡出去，而且我想「現在在這裡只能積極肯定地想，忍耐著向前進」。

修行的日課中有稱為「bardo 中陰導引」儀式。首先被帶到單獨的房間去，把眼睛蒙起來，從後面扣上手銬，讓你採取嚴酷的打坐姿勢。然後用像鼓一樣的東西，大聲敲鑼打鼓，表演閻羅王的戲，並讓你發狂似地大聲喊「修行啊、修行啊」或「我要努力，不要再回到現世」之類的話。不過有一天，我被帶去時，身體突然被席哈（富田隆）和端本（悟）扭住壓在地上，嘴巴和鼻子被新實緊緊蒙住。完全無法呼吸的狀態。然後說我「你不把上面看在眼裡」。我差一點被殺掉。可是我拚命掙扎總算掙脫，並強烈抗議：「我覺得我在認真努力做啊，為什麼這樣對待我呢？」就這樣當時事情總算平靜下來，還可以回到獨房去，可是因為出了這樣的事情，我完全崩潰了。我心想，人家正在努力想「好吧，我要認真修行」的時候，怎麼可以這樣對待我呢？

後來我在獨房，接受過幾次像基督教的受洗之類的儀式。這簡直就是人體實驗了嘛。新實在給我吃藥的時候，態度也極端沒有人性，那眼神就像對實驗用的天竺鼠似的。他說「吃吧！」時的口氣，也總是冷冰冰的，一副很瞧不起人的樣子。我看見耆婆（Jivaka，遠藤誠一）和伐折羅（中川智正）到獨房來巡視，看我們到底變成什麼樣子。因為藥力的關係，雖然意識已經模糊不清了，但這倒還記得很清楚。他們是來確認藥物反應的。這樣一來我才知道，原來他們是為了做藥物實驗，而利用這些關進獨房裡的信徒的。他們也許想如果讓這些人活著也沒有用處的話，接下來只好用在人體實驗讓他們積功德了。想到這裡，我不得不認真思考自己所處的命運了。

我難道要在這裡就這樣死掉嗎？我難道願意就這樣被當作人體實驗的天竺鼠去送死嗎？我想既然這樣我只好回到現世去。這未免太過分、太殘忍、太不人道了。我非常驚訝到底奧姆變成什麼樣子了？

那種藥物的試用儀式實施之後，獨房的門就一直打開著。因為大家都變得軟趴趴了，所以暫時把門打開來。算起來我可能是比較容易醒過來的，藥力沒有讓我完全起不來，因此我預先準備了一套乾淨的衣服，確認周圍沒人時，很快地換好衣服，就那樣逃出來離開了那裡。雖然有警衛，不過我還是趁隙逃出來了。

（增谷先生在路上向遇到的當地人借了交通費，回到東京自己家。逃走出來的一個月後，知道自己已經被奧姆真理教宣布破門。破門的理由據說是與事實毫無根據的事情。）

這樣子我終於回到現世，可是回來並不是因為想過現世的生活，只因為在奧姆已經待不下去了。老實說也沒有其他地方可去，只好寄身在家裡。當時家裡人很高興地說「回來了真好」，可是因為已經斷絕骨肉親情達五年之久，因此心情上也很難回到家人的關係上。不管奧姆是好是壞那是另外一回事，至於我對現實世界無法滿足的這一點，我自己心中有數。但我父母親卻不了解。因此結果還是背道而馳，關係破裂。我跟家人也開始起衝突，於是我決定離開家出來住。

——在那之前，九五年三月發生了地下鐵沙林事件，你對那件事有什麼感想？

起初我沒想到是奧姆做的。確實我們聽了 tantra vajrayana 的教義，教團內部空氣也相當奇怪，可是實在無法想像居然連沙林毒氣都搞出來。因為這是個連蟑螂都殺不下手的教團哪。而且我在裡面的時候，常常聽同事們提到「科學技術省」滑稽的失敗談，所以我想那麼困難的事情奧姆不可能辦到。雖然電視和報紙都說「是奧姆幹的」，但奧姆教團和上祐（史浩）都斷然說「我們沒有做」，所以我剛開始還相信他們那邊。不過隨著搜查的進行，漸漸看出教團的答辯互相矛盾，我才開始不相信。而且漸漸開始想「也許是他們做的」。我重新讀以前的日記看看，我的心情逐漸離開奧姆，是在那年（九五年）的八月左右。八月的時候，我想地下鐵沙林事件是奧姆幹的已經是事實了。

雖然我無法認同奧姆，心想我實在無法實踐這種事情而逃離教團，可是回到現實世界畢竟還是不習慣。現世跟奧姆比起來，無論怎麼樣，想要超越煩惱的奧姆的姿態看起來還是比較正常。自己所投身的奧姆到底是什麼樣的地方？我重新深入思考。到底奧姆什麼地方是對的，什麼地方是錯的呢？

我離開家之後，曾經在便利商店工作，或一面打工一面生活。現在跟父母也和解了。跟奧姆時代的朋友已經取得聯繫，偶爾也見見面。其中有人還全面認同奧姆，有人認為有關地下鐵沙林事件雖然犯了錯，但教義本身並沒有錯。各種人都有。不過不管怎麼樣，幾乎沒有人跟奧姆完全切斷關係，就那樣回到現世，以現世的價值觀過生活的人。以我自己來說，對奧姆的關心已經完全消失，現在正朝原始佛教前進。其他（脫會）的人，大家在某種形式上似乎也都還留在宗教性的地方繼續生活著。

——說到消除慾望或煩惱，這當然是個人的自由，但那時候把自己的自我行動原理之類的東西交出去付託給別人＝師父，這在客觀上看起來，我認為是非常危險的行為。是不是還有很多信徒或原信徒並沒有認識到這點？

能夠分得很清楚的人，我想應該很少吧。瞿曇佛說「只有自己是自己的主人」、「把自己當一座島，不要依靠別人」。換句話說，為了看清自己，佛教弟子需要修行。而且看清其中的污點、煩惱，把那消除掉。

可是松本所做的，簡單說就是把「自己」和「煩惱」同一化。說是為了消除自私，就把自我也一起消除吧。人終究是因為愛「自己」所以才會這麼苦，只要把這「自己」拋棄，就會現出光輝的自己。這跟佛教的教義完全不同。是一種價值的轉換。自己是應該找出來的東西，而不是應該拋棄的東西。像地下鐵沙林事件那樣的恐怖犯罪，我想就是從這種輕率的自我喪失過程中所產生的東西。如果失去了自我，人對於無差別殺人和恐怖事件就會變成沒有感覺了。

結果奧姆所做的事，與其說是為解決煩惱的根本而找出一條出路，不如說是製造出拋棄自己而照著人家的指示順從行動的人。因此所謂奧姆的成就者，其實也就是「完全染成奧姆色的人」，並不是悟得真理的真正「解脫者」。應該已經捨棄現世出家的信徒，在所謂「救濟」的名義下為蒐集布施而狂奔，這種事情簡直就是倒錯。

我並不認為松本是「剛開始還正常，卻漸漸變怪了」。我想就算一部分也好，他是從一開始腦子裡就有這種念頭了。錯誤從最初就存在他內心裡，他只是逐漸把那個分階段地推出到外面而已。

——換句話說，你認為在他腦子裡遲早要朝 tantra vajrayana 的方向前進，這藍圖從一開始就已經完成了是嗎？並不是途中由於妄想作祟誤入歧途，而這分支的歧途逐漸膨脹加大才導致方向走歪的。

我想兩者都有。做為一種因素來說，我想是最初就有了，然後又在一群唯唯諾諾的隨從包圍之下逐漸失去現實感，結果妄想逐漸膨脹，這個也有。

只是和這同時，我想他也認真地思考過，他自認為是救濟的東西吧。要不然誰也不會跟著他到出家的地步。他也有某種神祕的東西，多少還是有的。這個對我自己也可以這樣說，因為瑜伽和修行就是會帶來神祕體驗的東西。

——現在的教團，麻原彰晃已經不在，成問題的 tantra vajrayana 也被禁止了，接下來只能在和過去一樣的教義下繼續維持教團，你對這個有什麼想法？

因為教團的教義・體質並沒有任何改變，就算現在不會立刻發生什麼，將來有一天還是會產生新的犯罪，我想這種危險性當然有。而且現在留在教團裡的人，對於沙林事件這件事，我想他們心中應該是潛在地接受的。信徒對這種，同樣教義繼續下去的危險性，恐怕沒有自覺。對於自己的教團已經犯了罪，恐怕信徒也沒有這個自覺。我想他們的眼光只看到他們自己的利益，和教團好的一面而已。

以我來說，當我一想起地下鐵沙林事件的那些受害者，還有直接犯下罪的過去的同伴們時，我對現在還相信奧姆、還在繼續活動的人，真想說：「你們還在做什麼！」這種心情很強烈，可是就算我直接衝著他們這樣指責，他們也可能只會躲進更堅硬的殼裡去。我們只能一點一點顯示出事實，讓他們自己去發覺，除此之外沒有別的辦法。我自己以後要怎麼樣面對現世，如何調整下去，確實是一個困難的問題。我對屬於某種團體這種事情已經受夠了，我想以後大概只能自己一個人過下去。雖然要消除自己心中的慾望是有困難，不過也只能靠自己的力量一步一步的努力了。

——你是從大學一年級時開始進入奧姆真理教的，七年之間在裡面也經過種種事情對嗎？你有沒有感覺自己失去了這些歲月？

這倒沒有。過去也許覺得是一種過失。不過能夠超越過去，我想其中應該會產生價值吧。做為一種轉換來說。

信徒中有人把奧姆的經驗完全拋棄，決定不看報紙也不看任何新聞報導。他們閉起眼睛，不看報紙不看任何新聞報導。可是這樣做的話，是無法從失敗中學到任何事情的。如果這樣做的話，很可能還會犯下同樣的錯也不一定。就像考試答錯了一樣，必須去追究到底什麼地方錯。如果不追究的話，下次還會在同樣的地方犯錯。

「老實說，我的前世是個男人」

神田美由紀　一九七三年生

她一九七三年生於神奈川縣。父親是上班族，一個非常普通的中等家庭。從小她就有被神祕東西吸引的傾向。十六歲時接觸到麻原彰晃的書，讀過後感受很深，跟兩個哥哥一起，兄妹全部加入奧姆真理教成為信徒。後來為了專心修行，連高中也中途退學，出家去了。

跟她談話時，會承認奧姆真理教對她來說，是個理想的「容器」。確實與其在「現世」生活，不如進入教團修行，我想對她來說可能幸福得多了。她對現世的種種完全找不到價值，而且除了追求自己心中的精神世界之外，對別的事情幾乎都沒有興趣。所以離開現世專心一致地努力做精神修行的奧姆真理教團，似乎是一個樂園一樣的地方。

當然也可以把這當作十六歲進入教團就被培養得很純真……看成「綁架式・洗

腦」來掌握，但不如說「世間也有這樣的人又何妨」的想法，我的心情比較容易傾向這邊。何必非要大家肩並肩地擠在「現世」裡過活呢。如果有些人終生努力去思考對現世沒有直接用途的事情，又何妨呢？問題是，能接受這些人的有效網絡，除了麻原彰晃所率領的奧姆真理教團之外，幾乎找不到別的地方。而從結果看來，那網絡，碰巧包含了巨大的罪惡要素。而終究，以簡單的說法來說，就是到處都沒有所謂樂園這東西存在。

當我們拿動機的純粹與否來考慮時，現實就會變得非常沉重。被純粹所排除的現實，甚至會顯得有可能在什麼地方等待著復仇的機會似的。我跟美由紀小姐談著時，忽然這樣想。

跟現世的人這樣長談會不會被污染呢？在臨別時我這樣問她，她稍微困惑一下，然後老實回答說「理論上確實是會這樣」。她是個認真的人。我吃了他們自己做的麵包，很清淡爽口，相當好吃。

我生在神奈川縣。家裡有父母親，兩個哥哥。父親是在相當穩定的地方上班的人。嗯，怎麼說呢，並不光因為是上班族，一般看起來，他還是個感覺很認真的人。我也聽別人說過，他是一個工作相當細心的人。所以與其說以家庭不如說以工作為生活的重心吧，雖然如此，星期假日還是會帶我們到很多地方去玩。我母親是很溫柔的人。很多事情會為我們擔心，我們沒注意到的地方也會提醒我們注意，是那種很會照顧孩子的典型。對，是非常普通的家庭。跟其他人家並沒有不同的地方。家庭裡也沒有什麼特別的問題。

我從小時候開始，就有過很多神祕的體驗。例如我所做的夢，也跟現實完全沒有分別。與其說是夢不如說是一種故事，很長，而且非常清楚，即使醒過來了，連細節的地方都還全部記得。在那夢中我到過各種世界去，甚至有過類似幽體離脫或靈魂出竅的事情。這種體驗每天都重複發生。從我懂事以來一直都這樣。所謂幽體離脫，就是身體完全固定不動，停止呼吸，然後就飛出去似的狀態。尤其是疲倦了睡著時往往有強烈的體驗。一種神祕體驗。

那時候就可以體驗到這個世間所得不到的經驗。例如在夢中使用超能力、在空中飛，或可以坐在現在這個世界還沒有的交通工具上，駕駛著。「為什麼可以駕駛這種東西呢？」連自己都覺得很不可思議。

那是跟所謂「夢」不一樣的東西。一切都跟現實完全沒有分別。如果能像「這是夢，跟現實不同」，可以清楚分開的話倒還好，可是跟現實很像的東西出現在夢中的時候，你會混亂起來，「啊，這是現實嗎？或者不是呢？」兩者之間的區別漸漸分不出來了。哪一邊是真的真實呢？已經搞不清楚了。何只這樣，反而是夢變得真切多了。我為這個覺得相當煩惱。心想，「這個世界上到底什麼是真實的？哪一邊才是我真正的意識呢？」

我想這種體驗的影響，還是非常強烈。這件事我雖然對我父親和母親也談過，不過他們好像不太能理解我所說的話。只有像「也有這種事情嗎？」之類半信半疑的反應。

我個性算起來比較內向，不過朋友還是有的，學校也上得普普通通。雖然不是多麼喜歡讀書，不過我想自己得意的科目還是會非常努力地讀。例如國語之類的。我也喜歡讀書。我喜歡讀科幻小說。我兩個哥哥會推薦我看這種書。我也常常看漫畫和卡通之類的。像數學就不行了。運動方面也不太喜歡。

我母親常常叫我「要用功」。只要用功讀書就可以上好學校，能上好學校將來就能找到好工作……說這些很普通的話。不過老實說，我的心並沒有放在功課上。尤其在考高中前，開始覺得在這種事情上完全找不到價值。我無論如何都不認為那是重要的事。

我還是會繼續做夢。我在夢中真的經歷過種種體驗。我穿過各色各樣的世界。怎麼說呢，或許一時很快樂，卻不能永遠繼續下去，對嗎？總是會崩潰。我也體驗過像戰爭一樣的事情，在那裡面很多人紛紛死去。可以清清楚楚感覺得到那時候對死的恐懼，也體驗過周圍的人死去的深切悲哀。在這種情形連續反覆好幾次之間，我開始發覺這個世界是無常的。任何事情都不會永遠繼續。因此這個世間才有因為無常所帶來的痛苦。

——換句話說，對妳來說，與現實生活平行地，在意識中妳有「另一種生活」，而且在現

實生活中，不如在「另一種生活」中，可以透過各種感情上的體驗，得到那種明確的認識，對嗎？

是的。我雖然在現實生活中沒有體驗過身邊的人死去的事情，可是在電視上看到因為生病而瀕臨死亡的人時，就會想：「啊，現實世界也是無常的。這裡也有同樣的痛苦。」（在我心中，夢和現實）有這種聯繫方式。

高中我上的是神奈川公立高中。成為高中生之後，跟上國中時談話內容果然不同。比方跟異性戀愛的話題、流行的話題、卡拉OK怎麼樣之類的，談話的中心大多是這類玩耍的話題。可是我從這些事情完全找不到任何價值。因此無法加入這些談話裡。

所以我多半一個人在讀書。自己也寫一點文章。以我來說，我的夢就是故事，所以我感覺只要跟著情節寫出來就可以成為書的形式了。實際上，作家中也有這樣的人吧？以夢為題材，或從中得到靈感，根據那個寫出小說的人。

以我個人來說，我並不特別想交男朋友，或這類的事情。我旁邊的人有了男朋友，我也不會覺得羨慕。這種事情我找不到價值。

我十六歲時，我哥哥說「這是好書噢」，借給我幾本奧姆的書。我想剛開始大概有《超越生死》、《入信儀式》和《大乘經》之類的。我讀讀看之後，心想「啊，到目前為止我一直在找的就是這個」。我一讀之後立刻就想入信了。

書上寫說，我們要想得到真正的幸福必須先解脫才行。所謂解脫，就是到了最後，幸福能夠永遠持續。例如我雖然在生活中感到幸福，可是由於從小開始對幸福無法永遠持續的事實，總有無常感，因此如果幸福能永遠持續的話，不知道有多美好。而且不只是我自己，如果所有的人都能這樣的話，那真是太好了。在這層意義上，所謂「解脫」這個字眼就非常吸引我。

——妳所說的「幸福」，具體來說，例如是什麼樣的東西呢？

例如在跟朋友聊各種事情時，有時候確實非常快樂。跟家裡人聊天，有時候也非常快樂。這時候會感覺到幸福。我會想現在我所感覺到的心情，如果能永遠繼續下去該有多好。對了，對我來說談話這件事情很重要。至於遊玩本身，我倒沒有多大的興趣。

要說解脫是什麼嘛，也就是說人還是會有痛苦，簡單說，這種痛苦能全部消失的狀態就是解脫吧，我是這樣理解的。所以我想如果能夠解脫的話，應該就可以從這無常世界的痛苦中完全脫離。到達解脫為止的具體修行方法之類的，因為書上有寫，所以我在入信之前，暫時自己每天照著做。在自己家看書打坐（瑜伽），另外每天也做呼吸法。

我兩個哥哥也在讀這些書，他們說被奧姆吸引，想要入信。是的，我們兄妹三個人，想法滿接近的。我大哥，雖然沒有我這麼強烈，不過也體驗過大體上跟我同類的夢。二哥好像也有不少這類的體驗。

因此我們三兄妹就一起到世田谷道場去，在那裡的服務台，說請給我們入信的申請書。因為我們一開始就打算入信，所以立刻開始把姓名地址填寫上去，可是他們說「我們先談一談吧」，就把我們帶到裡面去跟那個道場的師父談話。他問我們動機，為什麼想入信？我們三個都回答「想悟道和解脫」，對方非常驚訝。也許一般的動機多半是現世的利益，或超能力之類的吧。

於是我們聽師父說了很多話，當時我想，怎麼說呢，在道場裡面時感覺到一種類似非常安心的感覺。空間本身就讓我覺得很安寧。結果，我們三個人都在那一天內就入信了。入會金，包含半年的月會費在內，我記得總共一個人三萬圓左右。我當時手頭上錢不太夠，所以跟我哥哥借了補足。

——三個小孩一次都成為奧姆的信徒，妳父母親難道沒有說什麼嗎？

是啊。那時候還沒有，因為那時候社會上還沒有特別騷動，而且我們暫時只說是去像瑜伽教室一樣的地方。後來教團在社會上被紛紛議論時，我父母也囉唆了很多。

入信後有一段時間我們一直在摺傳單。也就是所謂的奉獻活動。我們摺疊教團用的宣傳用傳單，把那丟到信箱，或在街頭直接散發給行人。星期天我們常常到分部去，從事這樣的活動。做這個很快樂。做完奉獻活動之後，有一種「完成了！」的充實感。雖然不知道為什麼，可是心情會變得很開朗。有這種經驗。奉獻活動就是積功德。積功德之後能量會增強。奧姆裡面經常這樣說。

在那裡也交到一些朋友。然後我國中時候的朋友也加進來了，我們也一起派過傳單。不，我並沒有積極去鼓動，我只談到「也有這種地方噢」，對方就說「啊，我也想入信」這樣而已。

入信之後就繼續修行，不久，我就體驗到所謂的騰空神通。人家說這叫做空中浮揚的前階段，也就是身體會往空中一直跳起來。這是我在家裡做呼吸法時突然出現的現象。從此以後，每次都可以自由地變成這樣。剛開始是自己不知不覺地蹦蹦跳起來，後來變成自己也某種程度可以控制了。

不過第一次，非常不得了。就這樣跳起來（笑）。我想怎麼辦呢，真傷腦筋。我家裡人也嚇了一跳在看著我。人家說我開始這樣，算是比別人快得多。我想大概還是因為我從小就在靈異方面有進展吧。

入信之後有一段時間，我一面在高中上學一面參加教團活動，可是心裡對學校生活中找不到價值的感覺卻越來越強烈。應該說沒有意義，或者說得更明白，已經開始覺得「討厭」了。也就是說兩邊所做的事情正好相反。例如同學大家都在拚命說老師的壞話，奧姆卻有「不說別人壞話」的戒律。這種地方我感覺到強烈的矛盾，或者說我覺得我沒辦法跟上大家。周圍大家聊的話題我也完全加不進去。說起來現在的高中生，全部一開口，就是怎麼追求快樂的話題。但奧姆卻是為了實踐「不追求快樂」的。完全相反。當然就話不投機了。

另外，要得到解脫和悟道，出家修行比在家來得快也是事實。因此我腦子裡一直有還是好想趕快出家得到解脫和悟道的念頭。我一面在家修行，一面知道自己已經在逐漸一步一步改變了，因此想改變更多的心情很強烈。

我把想出家的希望傳達給教團後，教團就回答我說「妳既然這樣想出家，那麼沒關係妳就做吧」。

——所謂出家是把煩惱拋棄的意思，美由紀小姐的情況，妳有沒有覺得想拋棄什麼很難過的「煩惱」之類的？

要出家時，還是會非常迷惑猶豫和掙扎的。過去跟家裡人一起生活，以後卻不能自由見面了。對我來說這是最難過的。還有吃的方面，一旦出家之後，只能吃規定的東西。雖然，吃的方面實際上並沒有那麼難過，不過並不只是這樣，還有「我能不能好好適應下去」這種不安還是很大。

我大哥已經從大學退學出家去了。我父母雖然也曾經勸過他，「你至少大學也要先畢業，想出家以後再說不好嗎？」可是他想法並沒有改變。我二哥一直留在家裡，好像沒有出家的意思。

我出家的時候，父母親也哭了。他們很強烈地留我。可是我想如果我保持現在的狀態的話，真正的意義上，對我父母親並不能給他們好的影響。所以我不是在意一般所說的「愛情」，而是在意所謂（更大意義上的）「愛」。由於自己的真正改變，結果，也許能帶給雙親好的影響，我這樣想。當然分離是痛苦的。可是我這樣告訴自己，於是下定決心出家。

出家後剛開始去的地方是山梨縣的清流精舍。在那裡修行，然後轉到東京的世田谷道場。分配去做分部的活動。具體上是在那裡接待在家信徒。另外就是把印好的傳單帶去信徒家裡。由信徒去分別派發。在這新生活中，還是會感到「寂寞」，不過對出家這件事倒是不後悔。在教團裡也可以交到新朋友。因為當時跟我同樣年代的女孩子一批一批的出家進來，我在世田谷道場，跟這些女孩子們也相處得很愉快。談起話來一下子就很投機。話題嗎？還是怎麼樣能使修行進步啦，這一類的（笑）。因為大家都是在現世找不到價值才進來這裡的，所以總會談到這方面的事。我在世田谷道場待了一年多，然後調到富士山總本部，在那裡做事務工作。在那裡待了一年半，然後到上九一色村的第六道班去。就在那裡做「供物」的工作。這工作是做供奉神明的食物。供奉完畢之後，就讓出家信徒（沙彌）吃，這樣供養。

——也就是做吃的。大概都做些什麼東西？

這個嘛，麵包啦，餅乾之類的，有一段時期也做過像漢堡的東西，還有飯、昆布、炸的東西，每次菜單都會有些不同，有一段時期也做過拉麵。原則上是素食。不用肉類。漢堡也是用大豆蛋白質做的。

做的人數也看情形，有時候多有時候少，最後那段時期是三個人在做。都是女的，只有指定的人才能在那裡工作。因為供奉是神聖的。

——也就是說美由紀小姐被認定具有做這種工作的資格對嗎？

是的，我想是這樣。不過這工作實際上很不簡單。幾乎可以說是肉體勞動的程度。每天每天從早到晚做（飯），簡直累垮了。有一段時期信徒人數非常多，所以做的量也多，光做這個就花掉半天時間。這種狀態連休息的時間都沒有，感覺一直都在動著。

是啊。有一百個信徒的話就要做一百個信徒的飯，而且要先把那供到祭壇上。不只是做就好，還要端到祭壇的禪房去，把那些排好才行。先在那裡拜過，然後又必須把那些收起來再分配給信徒。

菜單由上面決定。我想基本上大體是先計算出現在日本人必需的營養素，然後照「這樣應該沒問題」之類的方式，想出菜單。味道嗎？關於味道，有時候也有外部來的人會在這裡吃，大家還是都說「很淡」。因為如果太好吃的話恐怕煩惱會增加，所以就大約這樣吧。換句話說就是要「不執著於味覺的食物」。不是要做出特別好吃的東西，重要的是提供生活中活動所必要的營養，這是我們工作的本來目的。

麵包和餅乾也在裡面自己做。工廠很大，裡面有揉麵的機器，有切斷的機器，有烘烤的機器，整套全部都齊全。食物的採購有專門的人另外負責。

嗯，烹飪並沒有特別訓練。開祖（麻原彰晃）經常會提醒我們「每一道菜每一道菜都要用心做」。然後做完（食物）之後，還要洗機器，就教我們「洗機器的時候，要想成在擦洗自己的心一樣的洗」。所以平常在做伙食的時候，還是會盡量注意要多用心思。我出家以前，在家裡的時候，對做菜並沒有特別感興趣。雖然偶爾也會做，但平常並沒有做。可是到上九一色村來之後四年之間，在第六道班裡每天一直都在做供養的食物。

——第六道班就是麻原彰晃住的地方對嗎？

是的。他有好幾個住的地方，不過以第六道班為中心。不過雖然說在同一個道班內，可是跟我們所在的地方是分開的，只是常常會有碰面的機會。他偶爾也會吃到我們所做的食物，但還是很稀有。我想平常是由別人做（教祖的食物）的。

修行是和工作並行的，在修行中還是會漸漸開始明白很多事情。比方說自己煩惱的形式、在能量上自己現在處於什麼樣的狀態，這些事情我開始漸漸看得清楚了。而且以對應這些的形式，修行內容也跟著改變。我花了四年時間才解脫。

——所謂解脫，是由教祖決定的嗎？就像說「好了，妳現在得到解脫了」。

是的，我想最後是這樣。因為要解脫有各種條件，在判斷你已經完成那幾個條件之後，（教祖）會幫你看出你是不是已經解脫了。一般來說，我想進入集中修行時幾乎所有的例子都可以達到解脫。也有為了解脫的所謂極嚴修行。在那裡修行時，會產生各種類似神祕體驗的現象，這些某種程度都齊全之後，再加上心的狀態也已經變清純，這時候就達到解脫的階段了。

解脫後，會給你一個法名。不過後來體制改變了，即使還沒有解脫，只要達到某個程度也能得到法名。

——妳的情況是從小時候開始就一直經驗過夢和類似幽體離脫的現象，出家進了教團以後怎麼樣呢？

出家以後，靈性更提高了，所以遇到更多各種不可思議的體驗。而且比起以前，我可以用自己的力量更順利地控制這些了。在做夢的時候，可以認清「這是夢」，也能隨自己的意思控制它。然後我想起我的前世，還有比方說我還變成可以看出周圍的那些人，下一次會轉生到什麼世界之類的事情。

當我想起前世時，雖然我現在真實的在這裡，可是卻能清清楚楚體驗到當時的事情。那時候，在一瞬間立刻就啪一下知道，「這是我的前生」。可以在瞬間理解。這就像是一種頓悟。

老實說，我的前生是男人。於是我試著回想我小時候的事，確實很多事情都很符合。我小時候，經常被誤以為是男孩子。所以我經常奇怪地想：「為什麼呢？」不過如果我的前世是男人的話，就可以一下子理解「啊，原來是這麼回事」。

——除了性別以外的事情怎麼樣呢？例如，前世所犯的罪，是不是對今生也有影響呢？

是的。我的情況，比方說小時候的經驗裡，雖然也有快樂的事，但也有痛苦的事。換句話說，也就是不得不清算前世的罪惡部分吧。

——我絕對不是在挑毛病，可是每個人多多少少，不都是這樣嗎？這跟靈性或轉生沒有關係，普通任何人，不都有一些討厭的事嗎？

雖然是這樣，嗯，可是，當你還小的時候，沒有好的狀態、壞的狀態，幾乎還沒有現實生活的時候開始，就有過這種經驗，難道不是有前世的延續部分嗎？

——在現實上還沒有生活經驗的階段，比方說肚子非常餓的時候，沒有人給你東西吃，很希望媽媽抱你的時候她卻不抱你——這是不高興的體驗。跟前世和罪惡都沒關係。雖然在不同的年齡會有差別，不過我想這是我們自己跟現實要如何關聯對應下去的「痛苦」問題。

所以，要知道這個必須在很確實的特定情況下對嗎？

發生地下鐵沙林事件時（一九九五年三月），我跟平常一樣在第六道班做供養的飯菜。我是從奧姆的人聽到這事件的。內容是說有這樣一件事在東京發生，人家好像認為是奧姆幹的。我完全不認為是奧姆做的。雖然我不知道是誰做的，我想大概是別人，然後再讓社會上的人怪罪奧姆。

在那之前有人說在上九一色村的設施裡被撒沙林，受到毒氣攻擊，關於這點我承認某種程度是真的。為什麼呢，因為周圍身體搞壞的人忽然急速增加。我也是其中之一。肺裡面出血，血從嘴巴吐出來，這種狀態。有時候我不舒服躺著起不來。後來吐的痰裡帶血，覺得頭痛、噁心，然後身體變得很容易疲倦。所以我想被撒了毒氣大概是事實。因為要不然，不會一下大家全都一起覺得身體不舒服。過去從來沒有過這種事情。

警察進來強制搜查時，老實說我還是嚇了一跳。因為我覺得我們什麼壞事也沒做。心情上覺得我們被他們片面地冤枉了（把我們當作壞人）。第六道班被搜查。做伙食的地方也全部被搜查，我們正在做（伙食）的時候叫我們半途停下來，所以沒辦法為信徒配給食物，因此大家變得不得不斷食一天。警察還是很可怕。我看見旁邊有人受到暴力對待。被用力推開引起腦震盪。

——妳一直在第六道班，在這事件前後，有沒有感覺到周圍好像發生什麼異樣的事情？

沒有。因為我一直在第六道班做供養食物，既沒有聽過，也沒有看過這類的事情。我們跟其他信徒橫的聯繫，說起來只有在第六道班內部。因為工作很忙，也很少出去外面，所以不知道外面的事情。經常談話的朋友，還是同樣在一起做伙食的同年代的那些女孩子。我們處得很好。

——沙林事件實行犯被逮捕開始自己招出來，然後弄清楚教團跟這個事件確實有關。妳對這個有什麼想法？

可是，這消息實際上並沒有傳進來。我們幾乎沒聽過這種說法。至少在我所在的地方是這樣。因為那是個人煙稀少的深山裡，沒有報紙也沒有電視，所以不太了解這些。

當然裡面也有不是這樣（沒有排除資訊）的人。如果想得到資訊的話還是可以得到。我的情況是，我對這些事情沒有興趣。而且我完全不認為是奧姆做的。因為我並不會特別想看電視或卡通，所以盡量不去接觸這些東西。

我的心開始動搖，是在那第二年，破防法（破壞防制法）開始適用之後。這法律適用後，我跟以前的同伴全都分散了。這樣一來既不能集合在一起修行，也不能像以前那樣在被保護的環境裡生活下去。現在不得不靠自己的力量謀生。這是會不安的。

——換句話說，破防法適用後，不能再過出家生活，不得不去工作賺錢。這樣一來就妨礙修行了。所以因為這件事妳第一次受到打擊。可是在那個時間點，在事件發生的一年後，美由紀小姐心中還是完全沒有「也許是奧姆做的」懷疑念頭嗎？

是的。我沒有懷疑。我身邊的人也都同樣是這種心情。大體上第六道班的人，跟外部幾乎都沒有接觸。我想大概是因為沒有這種資料進來，所以大家都變成這樣了吧。

一直到我被強制離開上九一色村的那一天為止，我都在第六道班做伙食。伙食中斷了之後，信徒沒有東西可吃了，最後信徒的人數就少了很多。大家陸陸續續出去了。因為一下子忽然都出去，如果沒有生活基礎是活不下去的。剛開始如果不打一點工，連房租都付不起。信徒只領業財——所謂業財，是每個月信徒所能領到的錢——因此手頭上只有一點點錢。所以說還是先由少數人分批出去，先建立這種生活的基礎比較好，於是留下來的信徒人數就慢慢減少。還是令人覺得很寂寞。像梳子缺了齒一樣，人數逐漸減少下去，感覺上我是留到最後的。我退出是在九六年的十一月一日。

然後我轉到埼玉縣去。有十個左右的奧姆人住在那邊。房東說「奧姆的人也沒關係」，他是個心地寬厚的人。不過房子是不太容易租出去的不太理想的房子也是事實。感覺有一點像辦公樓。生活費由大家去打工賺來。能工作的去工作，不能工作的老人小孩，則由大家扶養。以這種方式做。

我想活用我在第六道班做伙食的經驗，心想萬一怎麼樣我就來開麵包店。我在那建築物的一樓準備開店。資金由我家人支援。

——妳父母親對妳真是很能理解啊。

是的。我想他們算是比較能理解的（笑）。所以現在我在開這個麵包店。剛開始我想出一個很可愛的名字叫做「飛天西點麵包店」，可是因為媒體的報導而觸礁了。在送出開店申請書時，報紙和電視一窩蜂地報導出來。我猜想大概是政府方面把消息洩漏給媒體的吧。總之店名明確地報出來，電視上店的影像也播出來了。因為這樣，我們的客戶就拒絕說「不能跟你們交易了」。因為「這是奧姆信徒所開的店」。換句話說，有一段時期我們被逼得在現實上已經不能做生意的狀態。

這樣一來，已經不能賣給一般客人了。我們也利用電腦網站賣，可是因為名字曝光了，原來預定的也全部取消。我想改掉商店名字重新來過，但這也不太順利。客戶要來拿貨時，警察卻擋住他們。對他們說：「你去那裡做什麼？那是奧姆經營的店噢，你知道嗎？」這樣子生意是做不成的。想在外面賣嘛，其實我也取得在車上販賣的許可證了，可是想到現在這狀況，反正警察又會跟來囉囉唆唆的找麻煩，這樣一來實在沒辦法做生意。

因為這樣，所以現在我所做的麵包就由信徒大家跟我買。我每星期做兩次麵包，把這些麵包分別送到信徒那裡去。這樣總算做起來了。就因為這些，我完全沒有賣給外部的人，現在。

可是，現在警察局那些人還會守在店門口，當有平常沒看過的人走進店來時就會做職務詢問，說「這裡是奧姆開的噢」什麼的。我雖然不知道他們意圖是什麼，不過難道警察也必須採取某種姿態才行嗎？有時警察說「給我麵包」，我也給了。然後下一次又說「再給我一點」，我就說「那你就買呀」。

有時候我也會送一些我們所做的蛋糕給附近的人。那時候也會談到很多事情。他們說「我們也擔心你們會不會做出什麼奇怪的事，不過你們也做出很好的麵包和蛋糕噢」。這些也都是受到媒體影響的。

——離開了道班，開始像這樣在現世生活之後，對於沙林事件，或坂本律師事件之類的，現在怎麼想呢？世間百分之九十九的人，都已經認為這一連串事件是奧姆真理教團所引起的對嗎？

是的，到目前為止自己所生活過經驗過的奧姆真理教，跟外部所說的奧姆真理教之間的差距未免太大了，自己心中難以整理出頭緒，或者說有些地方有點難以判斷。

關於事件來說，或許真的有這種事也不一定，我現在也開始這樣想了。只是現在審判中，看他們在做證的時候說的話不也一直在變，對嗎？什麼是真實？什麼不是真實？還是令人疑惑。

——對於「當時誰說了什麼」之類事實的細微證言確實在變，不過那五位教團幹部，對於為殺害不特定多數乘客，而在地下鐵中撒沙林毒氣這個事實，卻沒有動搖。我想知道妳對這事實的意見。我並不是在責難妳個人，只是想知道妳對這個怎麼想而已。

嗯，應該說還是難以相信，或想不到吧。以我個人的出家生活來說，殺生這行為我一次都沒做過。一隻蟑螂、一隻蚊子都沒殺過。我自己是這樣實踐過來的，我周圍的人也是這樣實踐過來的，我親眼看到是這樣。所以我很難相信，心想為什麼會這樣呢？

關於 tantra vajrayana 的說法講道我也確實聽過。但我沒有把那當作是和現實有關的事情來想，也沒有依照那個去行動過。我只把那當成是過去所聽到的龐大教義中，最後的一點小部分來接受而已。

對我來說所謂尊師，是在我們修行上遇到困難時會來幫助我們的存在。我有這種認識。在這層意義上，我認為尊師對我來說是必要的存在。

——不是絕對的存在嗎？不是絕對皈依嗎？

絕對的……，這個嘛，當然開祖曾經問過「妳能做到這個嗎？」之類的。不過當時，我也憑自己的判斷回答過像「這有一點困難」之類的。並不是他說的全部都要照聽說「是」。我看看周圍，也沒有這樣的情形。所以在我的印象中，倒不是絕對的。雖然媒體好像有這種印象的樣子。

我想還是每個人各有不同吧。其中有一些人是叫他怎麼樣他就「是、是」的聽話，也有很多人確實擁有自己的想法，而根據自己的想法去做。

——如果妳被放在那樣的立場的話，會怎麼樣呢？妳會把教祖認定為絕對的尊師，相信能引導你們的只有他沒有別人，因此當他命令妳「去做」時，妳會怎麼樣？

那些被稱為地下鐵沙林事件的實行犯，我雖然親眼看過他們，我認為他們應該相當有自己的主見。如果他們認為事情是這樣的話，他們就可以把那當作一種意見，在任何人面前清清楚楚說得出口。我認為他們是這種人。因此這種假定本身對我來說無法輕易接受。我想起在內部看到他們的姿態時，實在無法想像這種事情。如果我實際上真的看到他們完完全全做了的話，我也許可以接受，可是我還看到聽到一些不是這樣的部分，所以會想真的是這樣嗎？還是會懷疑。

所以對我來說，去看開祖的審判時，還是會覺得有太多曖昧不明的部分。所以我想現在還只能繼續觀察。直到開祖實際上明白地承認為止，目前這個階段我想我大概什麼都無法判斷。就像開祖的律師所說的那樣，開祖是不是真的下了命令，真實是怎麼樣，還不知道呢。

——那麼，妳的判斷要一直保留到最後是嗎？

不過我並不是說他們有做的可能性是零噢。只是現在這個階段要清楚地下決定還太早。在更多更明確的事實出現之前，我心裡總是無法接受。

——開麵包店的資金是由妳父母親提供的，你們這種良好關係還一直繼續嗎？

是的，在我暫時成就後曾經回家過，成就之後也打過幾次電話。我並不是被斷絕親子關係的，完全沒有這種事。我家人說隨時歡迎我回去。可是要我回現世去是行不通的。如果現世還有什麼美好的事物，有什麼能讓我向上提升的東西的話，或許我還會改變，不過目前並沒有這種東西。這種東西只有在奧姆真理教中才找得到。

我在教團裡生活了七、八年，內心曾經動搖過。在修行中，自己心中類似污穢的東西會噴出來。在修行過程中會逐漸進入自己的內心去，於是會看清自己內心的污穢和煩惱，那會往外噴出來。普通人也許可以喝喝酒或遊戲，把這混過去，修行中的我們卻不能那樣。所以必須直接面對它，戰勝它才行。非常難過。那時候內心確實動搖過。不過當那動搖逐漸退掉之後，又會重新恢復「啊，我還是要在這裡繼續修行」的心情。實際上我從來沒有真正想要回到現世，一次都沒有。

跟我一起進去奧姆的中學時代的朋友，現在還留在教團裡修行。我出家的大哥，在事件發生前回到家裡。就這樣放棄出家，以在家的形式重新做起。嗯，這個，就像我剛才也說過的那樣，修行中會有類似污穢噴出的情形，我想他可能是輸在這裡，如果不能戰勝這個，就沒辦法得到解脫。

「當時我想，如果留在這裡的話一定會死掉。」

細井真一　一九六五年生

他出身札幌。高中畢業後，志願當漫畫家，去到東京在藝術專科學校學習，半年就中途退學。一面以自由業接工作之間，遇到奧姆真理教而入信。剛開始在教團的印刷廠工作，然後轉到能活用漫畫技術的卡通班，最後到科學技術省做焊接工作。九四年被任命為師。在設有化學工廠的第七道班參與建設工作。回想起來在教團裡很少做修行，幾乎都在工作，他本人這樣陳述感想。可是正因為這樣，也累積了很多現實上很實用的工作經驗。

在警察強制搜索之後，他聽說自己被列在逮捕名單中，於是到警察局投案，不過只拘留了二十三天就被不起訴釋放。六月裡從拘留所郵寄脫會申請書到奧姆教團。之後就回北海道札幌，現在又到東京來生活。他還擁有幾張詳細描繪當時在道班內部光景的插畫，他一面給我看一面說明。

他是一個身材修長膚色白皙的青年。現在是脫離奧姆真理教團的人所組成「金絲雀會」的成員，對奧姆真理教和麻原彰晃採取批判的姿態。

我父親是普通的上班族。我有一個哥哥。小時候，有一段時期住過京都，不過大多時間在札幌長大。上小學時我不太喜歡學校。因為，老實說我哥哥是殘障的。他們說他是智障，或情緒障礙之類的，上特殊學校，所以我上小學時常常因為哥哥的事而被欺負，讓我很難過。

從我小時候開始我母親就一直在照顧我哥哥。不太有多餘的時間管我，我只好自己一個人玩。想跟母親撒嬌的時期卻不能撒嬌，這種印象強烈地留在我記憶裡。一有什麼事情，母親就說「因為哥哥很可憐」。這部分或許讓我覺得哥哥很可恨。

我可能是一個很不開朗的小孩。尤其是在哥哥死的時候，這變得更確定。那是我十四歲的時候。雖然哥哥是因為B型肝炎而死的，可是對我來說卻是個極大的打擊。因為我內心深處一直還抱著哥哥總有一天應該也能得到幸福的希望。我想他最後一定能得救。那是一種接近宗教的印象。然而卻像被冰冷的現實所擊垮了似的，我真是大失所望。心想所謂現實，並不是弱者總有一天能獲得拯救的。

正好那時候很流行「諾斯特拉達姆斯的大預言」，說是一九九九年人類將毀滅。這對我來說聽起來很舒服。結果，我想大概因為我以前憎恨這個世界吧。在政治世界有田中角榮的貪污，陰謀欺騙橫行，世間是不平等的，弱者永遠無法得救。我一想到這種社會的極限、人類的極限，就會逐漸陷入憂鬱的狀態。

可是我想談這個，卻沒有對象可以讓我敞開心來談。大家不是熱中於升學考試，就是完全不同的光談一些車子或棒球的事。高中時候我進過美術社團，非常喜歡當時還沒有太被大家注意的大友克洋的漫畫。非常寫實，非常生動，內容非常陰暗，可是讓我覺得「說不定真的有這種事」。我常常模仿著畫《再見日本》、《短暫的和平》、《布基、烏基、華爾滋》（*Boogie Woogie Waltz*）之類的。

我想離開家到東京去，所以高中畢業後就到東京進了千代田工科藝術專門學校。那裡有專門學漫畫的學科。可是半年左右我就休學了，雖然我不知道為什麼。不過在那之前一直在阻礙我前進的對人或對世界的牆壁，忽然變得更高更大了似的。到了東京，周圍的人對我都很好。女孩子們也很親切地接近我。我知道「我跟這個女孩子很談得來」。但雖然知道，自己還是會築起一道牆來。學校的功課並不無聊。主要還是人的問題。我跟周圍人的交往並不順利。雖然我也常跟大家一起出去玩，可是大家一起喝酒時我卻一點也不覺得好玩。總是只有我一個人清醒著。而且對世界的厭惡似乎越來越強烈。

我現在想起來，真是「為什麼？」好不容易才有機會跟各種人交朋友，我卻自己拒絕了。不過那時候，總之我把自己逼到死角，只能這樣。我半年就休學了，後來就自己自由地接一些零星工作過日子。一面打工，一面繼續學畫漫畫。家裡也寄一些錢來接濟我。不過十八、九歲時一個人窩在家裡學習是很苦的。因為在一個封閉空間裡一直不動，精神上實在受不了。也得過類似對人恐懼症之類的。

總之我覺得人很可怕。我深信別人是會陷害你的，是會傷害你的。心漸漸的變得很荒涼。看到好像很幸福地走在一起的男女、快樂的一家人團聚時，就會想「這些東西全都毀滅掉好了」，同時又對這樣想的自己感到厭惡。

我想離開哥哥死後氣氛變得灰暗的家裡，於是來到東京，可是不管到什麼地方還是找不到心靈的平安。我想到不管我到任何地方終究還是不行時，對外面的世界變得越來越厭煩。我從公寓房間走到外面時，覺得外面簡直像地獄一樣。最後我像得了潔癖似的，一回到家就非洗手不可。而且是站在洗臉台前三十分鐘，甚至一小時不停地洗手。自己也知道這樣做是不健康的，但就是停不下來。這種生活繼續了兩年或三年。

——兩、三年，這種生活居然繼續得下去。一定很難過吧？

是啊。那兩、三年幾乎沒跟人說話。偶爾跟家裡人說說話，然後就是跟打工地方的人說話而已。睡眠時間逐漸加長，最後超過十五小時。不睡這麼多的話，身體就會不舒服。胃的情況也不好。胃突然開始痛起來，全身發青，滿身冒汗，呼吸開始呼——呼——地喘著粗氣。這種狀態要是繼續下去的話可能會死掉，我開始不安起來。

那時候我想試著用食物療法和做瑜伽看看。我想用這個來重新調整自己的生活。我到書店去時看見麻原彰晃的《超越生死》，於是我開始站在那裡讀。裡面寫著「可以三個月達到kundalini（軍荼利）拙火覺醒」。我讀了嚇一跳。好厲害！這種事情真的有可能嗎？我對瑜伽以前讀過《神智學大要》多少有一點預備知識，所以光在書店站著讀腦子就記住大體的技術了，回到家裡我便開始付諸實行。跟食療法並進，在三個月之間我依照上面寫的訓練繼續做。我的個性一專心做起事情來，就會完全集中在那一點，所以每天都不停地做。一天花四小時左右去做。

我的情況，與其想達到kundalini拙火覺醒，不如說目的只為了想得到健康而做的，可是經過兩個月左右時，尾椎骨開始抖動起來。這是在kundalini拙火覺醒之前所發生的特有現象。不過我還半信半疑。這種感覺怎麼可能是真的？可是不久後尾椎骨開始感覺到強烈的熱。像強烈的熱水一樣的東西，往背骨一圈圈捲上去往上升，有這種經驗。可以感覺到這一直到達大腦，在腦子裡激烈地迴轉。簡直像生物一樣地翻滾。這下子我也嚇一跳了。這跟自己的意志無關，卻在自己體內發生某種不得了的事情。當時我失去了知覺。

真的正如麻原彰晃的手冊上所寫的一樣，三個月就會達成kundalini拙火覺醒。他所說的真的很對。於是我對奧姆開始專心注意起來。當時有奧姆的機關雜誌叫做《Mahayana》，出到第五期，我全部買回來詳細閱讀。裡面還有照片介紹上祐（史浩）、石井久子、大內早苗，全都是非常有魅力的典型人物，讀了他們的經驗談，覺得非常有吸引力。我想連這些人都去參加了，所以「尊師」一定是個很不簡單的人。

讀奧姆的書最舒服的是，清清楚楚寫著「這個世界是罪惡的世界」。我讀了非常高興。我本來就一直想像這樣糟糕而不公平的社會乾脆毀滅算了，而他們就是這樣幫我說的。只是我想「這個世界乾脆毀滅算了」，麻原彰晃則不是這樣，他說「如果能修行而得到解脫的話，就可以改變這個罪惡的世界」。我讀了之後有一種像燃燒般上升的感覺。我想當這個人的弟子，我想為他盡力奉獻。我想就算因此而必須完全拋棄現世的夢想、慾望、希望，我都在所不惜。

——你說世界不平等，具體上你覺得什麼方面最不平等？

比方說本來就天生的才華能力、家庭背景，腦筋好的人不管怎麼樣腦筋還是好，腳程快的人怎麼樣就是比人家快。然後被稱為弱者的人到任何地方都沒辦法出頭天。有這種命運注定的方面，我想這未免太不平等了。可是讀了麻原彰晃的書，他說明「這都是前世的業」。有些人前世做了壞事造了惡業，因此今生做人就必須受這樣的苦，相反的前世如果做了好事，今生就可以像這樣在優越的環境中充分發揮自己的能力。我讀了之後覺得很有道理。那麼現在開始只要放棄惡業，開始積功德就好了。

我本來只為了用食療法和瑜伽讓身體恢復健康，讓身體盡可能正常，以便重新過正常的日常生活而已，可是遇到奧姆之後，卻意外地往過去沒想到的佛教方面一直發展下去。總之，讓已經全身快要散掉的我重新站起來的，可以說是奧姆的書。

大概是八八年的十二月吧，我到世田谷的道場去入信，跟那些稱為成就者的人見面談話。他們給了我很多各種建議。他們叫我不妨去參加富士山總本部一年舉辦一次的叫做「狂氣集中修行」的講習會。是啊，真是好厲害的命名噢（笑）。去參加十天，說是對增進修行非常有幫助，叫我務必要去參加，可是這需要布施十萬圓，我沒有這麼多錢。所以我說「我沒有錢沒辦法去」。而且我也想到我才剛剛入信，馬上就去做這麼嚴厲的修行會不會有危險。不過負責的是新實（智光），非常強力地邀我，結果我還是參加了。

當時教團本身還不是很大，出家信徒頂多只有兩百人左右。也因為這樣，剛剛入信就可以見到麻原彰晃。不像現在，以前他感覺上肌肉相當結實。當時，他以砰砰的沉重腳步聲強有力地走進道場來。有一種壓迫感，或者說有一種很不得了的感覺。好像周圍的一切他都能一眼看穿似的，有令人深深感到恐怖的那種感覺。大家都說「他是很溫柔的人」，但我倒覺得第一次見到他時很可怕。

所謂密宗瑜伽有一對一的談話機會，當時麻原彰晃對我說「你完全陷入大魔境了」。所謂魔境，是隨著修行的進行會產生精神上的障礙，他指的是這種狀態。我說「為了能進一步修行，我想盡快早一天出家」。於是他說「等一下」，「你無法逃出魔境。你要修行一下，努力逃出魔境」。時間大約是五分鐘左右。

下一次見到他時，麻原悄悄地走進道場來，一面微微笑著一面看Bhakti（信徒所進行的服務奉獻活動）。我看到他之後，心想這個人真是有各種不同的臉孔。那時確實完全不可怕。笑咪咪的，光在身旁看著，我的心情也變得很愉快。

入信後三個月左右，可以出家的許可下來了。麻原彰晃在密宗瑜伽時直接這樣對我說。你可以出家。可是有一個條件。辭掉現在打工的工作，暫時到裝訂廠去工作一段時間吧。我聽到這話嚇了一跳。怎麼會是裝訂廠呢？於是他說「其實我想奧姆以後要自己開印刷廠，所以我想派你去學裝訂技術回來」。我回答「好的，我明白了」。於是我立刻找到一個供住宿的裝訂工廠的工作。

可是裝訂廠其實也有各種不同的機器。既有摺紙機、自動裝訂機，也有裁斷機。裁斷機又有不同種類。我也不知道該從哪裡學起才好。因為只簡單叫我「去學裝訂技術回來」而已。不過總之眼睛看得到的東西，我都拚命努力記住。星期天沒有任何人在的工廠裡，我也拚命研究機器的結構。我雖然沒什麼理科知識，不過總算也搞懂了「按這裡就會變這樣」、「這是這樣連動的」之類的。雖然廠裡沒有讓我操作機器，不過看著看著就學會各種東西了。在那裡繼續做三個月左右之後，上面指示我「立刻出家」。於是我整理好行李便離開了工廠。

出家後，就不能吃冰淇淋之類我喜歡吃的東西了。這倒有一點難過。跟不能和異性交往比起來，食物的限制比較令我擔心。說是連果汁都不能喝。所以出家前一天我就吃了各種東西喝了各種飲料。心想這是最後一次了。

當然我父母親都強烈反對。可是因為我想如果我出家的話父母親也可以得到福報，所以並不太在意他們的反對。本來必須捐出一百二十萬圓布施，完成六百小時立位禮拜，才能正式被承認是（出家信徒），不過因為裝訂廠急著成立，於是我就被免除了這些條件限制。

從富士山總本部開車一小時左右有一個叫做狩宿的地方，那裡有一個組合屋，就是當時的印刷廠，我就跟其他做裝訂的夥伴一起住在那裡。當時我真是大吃一驚，稍微懂得一點裝訂知識的居然只有我一個人。我還以為我只是裝訂工作群裡的一個成員而已，其實卻不是這樣。一個剛剛出家的新人，就被任命為裝訂工作的領班。這真是嚇人。工作人數裝訂方面有十人到二十人，印刷方面有十人，製版方面有二十人左右在做。是啊，規模相當大。

可是奧姆所買的機器，說起來好像是已經丟在倉庫達幾十年之久的糟糕東西。不只是裝訂，印刷部好像也一樣。大家都嘀嘀咕咕猛抱怨。全部都是破破爛爛像古董品般的舊貨。這種東西要組合拼裝起來都大費周章。本來我對機械就不是很懂，所以從機械進來開始到組裝起來為止就花了三個月。組裝好之後有些還是動不了。我想難得居然還真的搞起來了。機械總算能動起來，還多虧村井（秀夫）所領導的那些科學班成員的奮鬥。

最初印刷裝訂出來的是月刊雜誌《Mahayana》（大乘）的第二十三期。奧姆所發行的書籍類從機關雜誌開始，過去一直都是外包的，從這時候開始則想辦法由自己來印。

我出家後非常驚訝，一旦出家後，根本沒有設定所謂的修行時間。我想為什麼會這樣呢？問了上面的人，據他說，如果沒有積功德，那麼做再多修行也不會進步，所以現在就是要靠工作來積功德的階段。於是一年之間我一直都在做裝訂的工作。每天的工作相當重噢。一天只睡四小時是理所當然的世界。尤其眾議院選舉時最嚴重。在我記憶中連上廁所的時候機器都不休息地動著。那時候我負責的是摺紙機，只有在把紙整疊放上機器設定時有一點空檔時間，這時我趕快啪一下跑去上廁所解決掉，忙到這個地步。一分一秒都非常重要。

選舉完畢，印刷量大為減少。於是大家才有空，鬆一口氣開始發呆。正好這時候波野村開始非常騷動起來，我想到那裡去的人一定很不好過，可是在印刷廠的我們每天生活卻很和平，如果沒有工作就可以隨意修行。那個時期正好師父也外出不知道去哪裡了，所以大家都隨便慢吞吞的做，有人甚至不知道跑到哪裡去，當時就是像這樣的狀態。

我當裝訂領班，剛開始是沒有我就不能動的狀態，可是後來漸漸變成誰都可以推動工作了，我向上面反應是不是可以把我調到別的部門，我想留在這裡也只有耗時間而已。本來調動部門不是由自己開口提的，但因為我有畫漫畫的技術，所以我用廠裡有的紙把《本生經》這經典用漫畫畫出來，做出二十頁左右的書。並把那做成三種故事，拿給上面看。我的上級是岐部（哲也）。並附上一封信，「其實我有這種漫畫技術，如果這也可以活用在救濟上的話，我希望能轉到別的部門服務」。信大概由岐部轉給了松本知子吧。

本來我並沒有抱多大希望。沒有人可以這樣隨心所欲的，上面大概不會理我吧。可是有一天，總務居然打電話過來說「細井先生，你明天開始要調到設計班了」，我真是嚇了一跳。在設計班裡面有漫畫班，而且人員只有一個人，剛開始只做簡單的東西，後來完成新的企劃要在教團製作的短劇中加入卡通，因此緊急從信徒中召集一些多少會畫一點畫的人來。總共有二十到三十個人。後來我被任命為這卡通班的領班。

我從學生時代開始，就因為興趣而一直一個人在學寫電影劇本，所以也多少會畫分鏡。卡通這種東西，分鏡的好壞對決定作品的品質影響成分很大，因此我好像就成為這個團隊的核心了。

我們這個團隊聚集了相當多手藝很好的人才。有擅長動畫技術的人，有擅長畫背景的人。

其次最可喜的，是信徒中居然有人曾經做過卡通攝影助理。因為對卡通來說，攝影真的很重要，所以幫助非常大。我們組成工作團隊，製作了相當多的作品。總共做了三年。現在想起來，在製作卡通的時代，對我來說是比較和平的時代。

不過雖然說是平穩，其實內部的人際關係卻相當凌亂。普通的情況，部門的領導，應該是由「師」來擔任的，但我的地位還不是「師」，而是師以下的所謂沙彌。所以上面會盯我，下面會扯我後腿，很難做。例如當你想做一些品質好一點的作品時，必須看一些現世的卡通錄影帶，做細微的技術研究才行。可是上面的人卻說「不可以看這些東西」。可是不看就做不出來。做不出來上面會罵你，可是你看的話，內部就有人頂你說「尊師說不要看，為什麼你還看」。也就是說漫畫班內部也分成兩派，一派是以工作優先「應該盡可能製作出好作品」，一派是以修行優先「這是修行所以只要聽尊師的話就好了」。因此漸漸變得難以整合。其他也有很多問題。

此外男女之間也很難相處。教團裡頻頻發生男女感情太好而兩個人私奔的事件，因此麻原在說法時曾經說過「女信徒不要接近男信徒。不但不要接近，還要恨他們」。因為有這種事，所以我曾經被大家嚴厲批評過。因為那是個殺伐氣息濃厚的空間。

——這樣看來，好像並沒有朝解脫的方向前進嘛？

就是啊。有一點亂來，簡直快受不了了。我曾經有一段時期想放棄出家。實際上，內部鬥得很厲害。人際關係很混亂。因為我有一種想得救的願望，所以還是努力留在那裡，可是真的快崩潰了。

我也寫了兩封信給上面，說我要放棄。我已經無法留在奧姆了。大概是九二年吧。於是上面叫村井來跟我談。他勸了我很多，把我留下來。就這樣又留下來，又繼續那樣過下去……

——如果那時候離開奧姆的話，你在外面的世界是不是能順利過下去？

這個嘛，那個時期，我雖然不太記得當時我考慮到什麼程度，不過我出家之後，對世界的看法顯然有改變。因為，我出家後所進入的空間，說起來是個很混雜的世界。裡面有很多我過去從來沒碰過的人。從非常傑出的精英、身體強壯的運動型人物，到具有藝術才華的人。在那各種人混雜在一起的世界裡面，我確實看到他們心中也有和我一樣的人性弱點。

在那裡面，我過去所深惡痛絕的差別，或學歷的不同，這些都煙消霧散地飛走了。我想大家都一樣啊。成績好的人儘管成績好但照樣也很煩惱啊。原來如此，是這麼回事。這對我來說，是一個非常貴重的體驗。

還有那些所謂信徒，都徹底討厭外面的世界，把生活在外面世界的人稱為凡夫，他們說凡夫只能下地獄，毫不容情地說他們的壞話。如果出家修行者，在外面撞到別人的車子，也不算做壞事。就像在這邊的他們像是真理的實踐者，站在上方看對方。自己是為了救濟而趕路啊。因為這樣而撞上了，你們的車子稍微凹陷一點，我才不管。我覺得這未免太過分了。不管怎麼樣，都沒必要把人家這樣當傻瓜或恨人家吧。我雖然以前也憎恨現世的很多東西，可是看到這樣的情形之後，反而開始感覺「算了」。以前憎恨的的事情已經變得不那麼可恨了。

——真有意思。通常進入狂信之後，那種傾向應該會變得越來越深才對，但你的情況卻相反。

中間管理職的體驗畢竟還是很苦的（笑）。卡通班實質上解散是在九四年。我們卡通班的許多成員被叫到會議室去，被告知「從今以後你們要被調到科學班去幫忙」。後來這個班改名為「科學技術省」，工作內容是焊接。那時忽然急需焊接工人，他們想卡通班的人因為手很巧，所以一定適合吧。我聽了啞口無言。製作卡通和焊接工作是相當不同的。

到底為什麼需要焊接呢？我實在搞不清楚，但在那之前我們還接受了所謂的間諜檢查。卡通班全體人員都接受了這種檢查，我對那很懷疑。本來麻原彰晃就是一個神祕的存在，我想既然這樣，他應該可以運用神通力量看穿「這個傢伙是間諜」吧。

卡通班幾乎全體成員都轉進焊接班，原班人馬調到上九（一色村）去。在那裡的第九道班大量製造大儲藏槽和攪拌機之類的設備。當然我們沒有焊接的知識，所以跟著主要的團隊，做一些助手似的工作。總之上面指示我們快點做，大家就拚命做，可是實在不太會做，於是拖拖拉拉的延遲進度。麻原指示要在九四年五月底完成。那是巨大的儲藏槽噢。非常大。容量兩噸的儲藏槽。把鐵板繞成一個大圓圈，就成為圓筒狀對吧？銜接的縫焊接起來，在那上面蓋上既成品的鏡板，再焊接起來。沒有相當技術是做不起來的，可是我們竟然做成了。真佩服。

工作還是很吃重。有時候一天甚至做到十六小時左右。大家都做得身體東倒西歪，有時供養（伙食）還下不來，那時候甚至有一連兩天什麼都沒吃的情形。這種情形下大家終於也抱怨了。其中有人好像說「幹不下去了」，放下工作。我也因為不習慣，所以有時會受傷、燒傷、滿臉變得烏黑。眼鏡也弄得破破爛爛了。可是沒有一個人逃出去。我告訴自己，要想成「總之這是為了救濟」而繼續做下去。

後來我被任命為師。大概因為我領導原來的卡通班認真努力從事焊接工作，得到上面的賞識吧。雖然說是成為師，不過只領到綬帶和上衣，要我「加油噢」，這樣而已。不過成為師之後，世界觀之類的還是變了。以前像朋友一樣相處的人，現在突然對你用起敬語。我重新感覺到師和下面的人，差別還是非常大。

我成為師之後，也開始可以自由進出第七道班了。那裡有警備班嚴密警戒，除了少數被許可的人之外不能隨便進去。在第七道班裡面，我們第九道班親手製造出來的儲藏槽之類的整排排在那裡。感覺好像化學工廠似的。看起來有一種說不出的可怕感覺。有一種非常沉重的壓迫感。可是我不知道那到底在製造什麼。建築物有三層樓那麼高，巨大的儲藏槽一排排陳列在裡面。還有那臭味說不上是什麼。好像混合了很多化學清潔劑似的臭味。還有奇怪的光。金屬都生鏽了，地上濕濕的，飄散著一層可怕的白色煙霧般的東西，在那裡工作的人身體都不舒服，體能紛紛崩潰。大家一面作業著一面搖搖晃晃，剛開始我還以為他們是很睏想睡覺，其實是身體狀況開始變化了。

我雖然不知道為什麼，不過可以想像得到，他們花了龐大的金錢在做什麼，而這裡可能就是奧姆的最前線。靠著這個可以一舉達到救濟目的嗎？因為只有極有限的成員才能親眼目睹這樣的作業光景，所以自己也是被選出來的成員之一我感到很光榮。可是我想這到底是什麼呢？看起來又不像是武器，真不可思議。

九四年秋天（我想確實是秋天）也有事故發生。我正在第七道班的三樓稍微休息一下時，從後面挑高的工廠飄過來一股像乾冰泡水時所冒出來的白煙。旁邊的人說「趕快逃出去比較好」，於是我急忙逃出去。我只聞了一下而已，眼睛就看不見，喉嚨感覺像被刺到似的疼痛。

是酸性的臭味。我想如果留在這裡一定會死掉，當時這樣想。總之是個危險的地方，所謂第七道班這個地方。

九五年一月一日，上面指示我們把第七道班內部的東西藏起來。說「把機器設備用濕婆神的臉像藏起來」，也就是做隱蔽的掩飾工作。我被選為這任務的美術總監。深夜裡運進來大量巨大的發泡保麗龍，把那貼在工廠特別麻煩的部分遮蓋起來。

——可是有那麼多巨大的槽，不是掩蓋不了嗎？

首先把挑高工廠的前面，用板子做出牆壁來隔開。然後在那上面做保麗龍的濕婆神臉。然後剩下的不妙部分做成樓梯，用木頭圍起來，上面再擺成祭壇。二樓用隔板全部隔起來，做成像迷魂陣一樣做為照片的展覽室。上頭指示我們總之要想辦法騙過警察。我們花了一個月去做。以早川（紀代秀）所領導的CBI（建設班）為主進行作業。有關電器方面由林泰男負責。我負責美術。我設計了臉部，由CBI的人實際製作。成品很差勁。臉做得實在太笨拙了，真是沒辦法。

不過這樣就想騙得過，實在不妙。那怎麼說都會知道的。雖然島田裕巳先生也來過，實際看了後，斷言說這是宗教設施，不過以位置來說視覺上也充滿矛盾。我想「這太勉強了」。不過大家都怕早川所以不敢說出口。

地下鐵沙林事件發生的三月二十日，我已經離開焊接班到清流精舍去，當科學技術省第二號重要人物渡部（和實）的助手，做零件的管理工作。雖然聽說在東京的地下鐵電車裡有人撒沙林毒氣的事，不過我完全沒有想到是奧姆所犯下的。從過去的事情來看，或許針對Freemason或美國的攻擊，教團拿起武器來戰鬥是有可能，但不管怎麼樣都不至於會做無差別的攻擊吧。這樣豈不成了恐怖分子。

可是到了第三天，警察大量湧進上九一色村來。據說聚集了兩千到兩千五百人左右的警察。聽到這消息之後，我想「這下子事情可鬧大了」。清流不知道為什麼，在第一次的強制搜查中，好像漏掉了。於是我們把留在清流的各種危險圖表之類的資料蒐集起來燒了處分掉。也到村井的房間去，把那裡有關武器的書也燒掉。因為還發現防彈背心，想到這個不妙，便把它拆開剪得破破碎碎的。清流被強制搜查，我記得是在國松長官的槍擊事件發生之後。

我開始想「沙林事件說不定是奧姆幹的」，是在我親眼看到被認為是沙林噴霧車的東西時。那大概是四月吧。我不太確定是在強制搜查之前或之後，但我想在我記憶裡好像是之後。

——那東西是在什麼地方？

在清流。我看到那輛裝有煙囪的大型噴霧車時，嚇了一大跳。這種東西如果被發現的話可不得了。於是上面立刻指示下來，十個人左右合力把那個解體了。

強制搜查後留在清流的五十人左右，已經沒有事情可做了，於是都到東京去散發傳單。可是我到第五道班去，幫忙書籍的裝訂，在村岡達子手下畫漫畫印成書。畫警察藉故逮捕人的諷刺漫畫。就在這種種事情之後，村井被刺殺了。我聽了當然很驚訝，但同時也覺得心情好像稍微安定下來了似的。在這裡非常難說明當時的心情。不過怎麼說呢，啊，這下子奧姆大概也完了的心情。一種說不出來的心情。大概自己也麻木了吧。雖然麻木了搞不清楚了，可是我其實很想逃出來回家去。但卻沒有力氣逃，覺得只要融合在那個空間裡就行了。另外也有自己立場的問題。已經當上師的人還逃出去，說起來自尊心不容許。因為有這種混亂狀況，所以雖然其實有想逃出來的心願，卻把那勉強壓制下來。

我對麻原彰晃的尊敬念頭已經相當淡薄。因為他一直在連續欺騙人。他的預言都沒說中。在石垣島的研習會時就沒說對，Austin 彗星時也沒說對，信徒中常常有人說「尊師的預言差不多都沒說中」。

村井也一樣，上面說什麼他只會必恭必敬地光說「是是、是是」而已。我發現這種現狀之後，對那些事情覺得非常懷疑。下面的人也嘀嘀咕咕猛抱怨。在那種凡事為自己斤斤計較的氣氛下，我也變得隨隨便便開始厭煩了。雖然如此，可是也沒有放棄的力氣。因為自己已經變成齒輪一樣了，所以就算放棄出家也不知道該做什麼才好。而這時村井卻突然死了，這樣一來自己總算能回到原來的地方了，我這樣感覺。

對我來說村井的存在意義很大。回想一下我所去的地方，每個地方都一定跟村井有關。印刷廠跟村井有關，卡通班跟他有關。在器材方面也跟他有關。不過對我來說面對僅次於麻原也是一個象徵奧姆的人，村井的死卻沒有引起我悲傷的心情。反而是「啊，這下子我可以離得開了」的心情比較強烈。本來不應該這樣說的。

可是當我這樣想之後，卻在離開前就被警察逮捕了。有人說「林（郁夫）和土谷（正實）已經主動招供出來了，科學技術省的人裡面有很多被逮捕噢」，我也開玩笑地說「那麼我也可能會被逮捕囉」，結果逮捕狀真的出來了。報紙上登出我的名字。理由是殺人及殺人未遂。好像是九五年的五月二十日吧。當然，我不記得有殺過人的事情，可是殺人及殺人未遂說起來是要判死刑或無期徒刑的。這下子我確實非常驚訝。

就算逃走躲起來也不能怎麼樣，上面也勸我，於是我自己到警察局去投案。到山梨縣警局。然後一開始我保持沉默。我說我要「保持沉默」，大概沉默了三天吧。可是這種做法沒辦法一直持續下去。教團威脅我，如果我不保持沉默的話會被打進無底地獄，不過這種事情我已經不相信了。如果要被打進去就被打進去吧，於是我就一五一十地全部老實說出來。

調查很嚴，負責的警官要我寫出「我知道在第七道班所製造的是沙林毒氣」，執意要我寫。我則一直堅持反駁「不知道的事情就是不知道」，可是最後精神已經被逼到極限，終於寫下謊話「我知道」。不過後來我有向檢察官說明事情的經過。

結果我被不起訴釋放出來。起訴或不起訴，好像是決定於有沒有參加在第二道班所舉行的關於要製造沙林的會議。我幸虧沒有參加，所以才被釋放。剛開始警察甚至還說「沙林是不是你撒的」，我被他們欺負得很慘。真難過啊。雖然只是稍微碰撞的程度，並沒有使用太嚴重的暴力，不過每天被逼問，心臟都要搞出毛病了。每天訊問三次。時間也相當長。整個人七零八落快散掉了。我被拘留了二十三天。

被釋放後，我回到札幌去。然後精神上開始出現一些毛病，住院了一個月左右。呼吸困難起來，感覺逐漸淡化下去。感覺人飄飄忽忽的，無法呼吸，好危險哪。做過各種檢查，結果說可能是精神方面的問題。

——如果你被村井叫去，命令你說「你去撒沙林」的話，會怎麼樣呢？

我想我當然會猶豫。我跟豐田亨，和那些人的想法有一點不一樣。就算麻原彰晃直接對我說的事情，如果我不認同的話，我會毅然把它推掉。叫我做什麼我並不會全部照做。不過周圍的氣氛影響也很大。要是逃走的話可沒那麼便宜，如果說，你不幹就殺掉你噢，說不定就去幹了。實際做了的人，我想他們大概也猶豫過。如果實際上我們被警察或自衛隊攻擊的話，也許會主動去做，可是這畢竟是去攻擊完全沒有關係的一些人啊。

只是我想我不太有被指名的可能。我在科學技術省裡頭並不屬於精英。在科學技術省之中也分為「頭腦班」和「下包班」。我所做的焊接工作是屬於「下包班」，也就是工地現場的下包勞動者。跟這些人比起來，像豐田他們就屬於精英的「頭腦班」，是被麻原所器重的一些人。在科學技術省總共有三十個左右的師，我在裡面地位算是下面的。和地下鐵沙林事件有關的，都是屬於上面的師。

不過如果要問我的話，有些讓我覺得「什麼，這個人？」居然也在成員裡面。如果屬於武鬥派的那些人或許我還會覺得「果然是他幹的」，可是大多是不屬於這種的精英。我想麻原一定是以「這個人的話應該會做」的基準來選人的吧。這種精英真的都「很乖」。上面說什麼他們都唯命是從。村井就是這樣。上面說什麼他都聽。既不批評，也不逃避。不管什麼都會接受。實在不得了。這種事情繼續三年四年，普通人的話早就崩潰了。

只有林泰男不太一樣。林泰男是屬於「下包班」的人。不是精英。不是一開始就由科學技術省培養出來的人，而是從建設班轉過來的。只是當上師的時間已經很長，所以升上去了。

實際上他就曾經對豐田說過「下次如果有人事異動的話，我反正會被剔出科學技術省（基本粒子）」。所以比起其他成員，或許他有一種自卑感吧。因為周圍的人都是一些研究超傳導或素粒子之類的超級精英，而他只是個電工而已。

林泰男本來是個好人，後來人格漸漸變怪了。九〇年左右還跟我屬於同一個階級，我們曾經感情不錯很談得來。可是九二年當上師之後人就變了。他開始端起架子擺高姿態，變得蠻橫不講理。剛開始是個溫和厚重的人，最後卻變成一個亂發脾氣、對部下都可以殺人不眨眼的那種人。我想他是瘋掉了。

科學技術省說起來算是一開始就受麻原重視禮遇的。我所屬的卡通班需要錢也完全要不到。可是錢卻大量流到科學技術省去。差別非常大。還有科學技術省裡面也有差別。頭腦班和下包班就有很大的差別。世間不管在哪裡，到處都是不公平的。有人就常常說，如果要在奧姆出人頭地，只有去當東大學生或生為美少女（笑）。

——結果你在奧姆真理教團裡待了六年左右，有沒有想過這歲月浪費掉了，或類似的想法？

我倒沒有覺得浪費。總之遇到各種朋友，同樣地吃過苦，我覺得這是非常好的回憶。一路下來看過人的弱點之類的，我想自己因此也成長了。要說很充實好像有點奇怪，不過有一種明天不知道會怎樣的，像冒險般的氣氛。或許有非常大的工作交給你做，當集中精神總算努力完成一件什麼工作時，也有一種情緒高昂的類似成就感吧。

現在精神上已經輕鬆多了。當然對普通現世的人有所謂的苦。例如失戀。我也有這種「不輕鬆」的部分。不過這很平常，對嗎？跟普通一般人一樣，我就以這樣的感覺過下去。

只是我的精神狀態花了很長的時間，才像現在這樣安定下來。大概花了兩年吧。從教團出來以後，有一段時間一直非常沒有氣力。因為在教團裡時，有所謂「我是真理的實踐者」的精神支持著，在那推動力之下可以不停地前進，可是現在已經沒有那個了。要推動自己必須靠自己拿出力量來才行。離開教團之後，才漸漸的發現這個事實。而且因此而感到憂鬱。很苦噢。

不過跟過去不同的是，對自己漸漸開始有相當自信了。因為在教團裡我也累積了各種現實上實用的經驗，所以我心裡有確實的信心「現在雖然還不太行，不過我一定會在這條路上重新站起來」。這很重要。

現在我住在東京。為了在現在這個現實世界活下去，支持我的力量，或者應該說支柱，還是這些朋友。原來是信徒的這些朋友。跟這些意氣相投的朋友在一起時，我會非常清楚一件事：「不只是我自己，而是大家都一起活在這個非常不容易的大世界裡。」因而獲得很大的鼓勵。

「麻原曾經向我強求性關係」

岩倉晴美　一九六五年生

她生於神奈川縣。膚色白皙、身材修長，是一位相當有魅力的女性。如果說是屬於奧姆女性信徒中的「美人系」可能比較容易了解吧。她始終笑容可掬，對人體貼入微，口才雖然不很善辯，不過你問到的問題她都清清楚楚地回答。算起來很容易親近，很多細節她都會細心地留意到，也給人一種內心相當強的印象。

短期大學畢業後成為一個普通上班族女孩，當時很會玩。不過對那種生活逐漸感到不滿足。在一個偶然的機會知道了奧姆真理教的世界，逐漸被吸引。於是辭掉工作，出家去了。

有一段時期好像成為麻原所「中意」的人，但不知道為什麼，記憶被電擊而消失掉。後來有一段很長期間繼續在失憶中徘徊，直到沙林事件快發生前才恢復知覺。因此奧姆時代的記憶只有一部分記得，其他幾乎完全喪失。雖然在那之前和之後的記憶都很明確，但她卻無法追溯那將近兩年中自己的足跡。

這件事並沒有特別的後遺症，她本人說。但她非常強烈地決心今後不再和奧姆有任何關聯。那對她來說是已經「結束」的事情，也並不想去探求奧姆時代所喪失的記憶。讀過幾篇連載在《文藝春秋》的信徒採訪報導後，她說「不要再來煩我們了」。

她現在從事美容方面的工作，想學一些技術，存一點錢，將來自己獨立開店。住在月租三萬圓「夏熱冬冷」的公寓，過著質樸的生活。「不過倒要感謝在奧姆待過，所以對樸素的生活一點也不覺得苦。」她一面笑咪咪地一面說。

我父親是個冷淡的人。不知道該不該說是冷淡，不過總之是有點怪的人。幾乎沒有跟我們說過話。也不知道他在什麼樣的公司，做什麼樣內容的工作。我對這種事情也完全沒興趣。

我從小父親就一次也沒有疼過我。覺得父親很冷淡的不只是我而已，我母親也這樣覺得，親戚也都這樣覺得。也許父親自己就像小孩子一樣。大概有點認為自己很可愛，自己做的事情不想被人家打攪吧。當他在做什麼細微的事情我在旁邊看著時，他就會說「走開」。所以這時候我就會離開家，到附近的親戚家去玩。那一家孩子已經長大獨立了，所以相當疼愛當時還幼小的我。他們對我真的很好。我深深覺得在自己家，遠不如在那一家被疼愛多了。我曾經想過如果沒有那一家人的話，不知道自己會變成怎麼樣。也許真的會瘋掉。

我十九歲時，父母親離婚。父親另外有了女人，因此而離婚。當時的混亂紛爭真的很嚴重。大概繼續有半年或一年左右。我當時雖然在上短期大學，可是真的感覺很厭煩。父母親在爭吵，我在旁邊看著，覺得兩邊都不是。雖然父親確實不對，可是我看著母親所說所做的事情，也覺得很厭煩。所以我完全引不起想結婚的心情。

我當時也有男朋友。可是我自己完全沒有能維持結婚生活的自信。到了適婚年齡之後，對自己真的能過這種生活嗎，開始害怕起來。不會認為，嗯「跟這個人的話應該可以」。即使喜歡對方，但一想到結婚，總會害怕起來。平常交往約會時很快樂，完全沒問題。

——小時候妳是什麼樣的小孩呢？

我很頑皮。可以說很活潑，或者有一點多嘴吧。只是小學的時候身體弄壞了，有半年左右沒到學校去，在家休息。後來有時候就會為偏頭痛所苦惱，一直到長大前經常吃百服寧。雖然如此依舊很活潑，像野孩子般精力旺盛。朋友也照常很多。功課卻不好（笑）。

初中、高中是上私立女子學校。在學校也和普通同學一樣愛玩。不過我對同年齡的男生沒有興趣。旁邊的同學說「我有男朋友了」，我聽了會覺得「他們到底有什麼地方好呢？」因為同年代的男生都油膩膩的，感覺髒髒的。我看到男生並不會著迷，完全不會。只覺得，好髒、好臭。那樣的男生到底有什麼好？

——妳有沒有什麼興趣？比方做這個會覺得快樂的事情？

要說快樂，學校放學後到什麼地方去，逛逛DC設計師品牌的服飾，買買東西，大概這些吧。並沒有特別喜歡華麗的東西，不過我喜歡衣服。

高中畢業後去上短期大學。那是個隨便都可以進去的地方。反正沒辦法，就去吧，這種感覺。然後短大畢業，就在澀谷一家公司上班。做事務性工作。為什麼會想去那一家公司上班嗎？因為休假多，大概不錯吧，就這樣而已。我並沒有特別想做什麼，完全沒有。我看到離婚的爭吵吵之後，覺得一切都無所謂了。

我從家裡通車到澀谷上班，不過那時候只有我跟我母親兩個人住。父親離婚後搬出去了，妹妹也說想一個人生活就出去獨立了。妹妹說起來可以算是很酷，或我行我素的人。跟我的性格相當不同。

我開始上班是在一九八五年，當時不是景氣很好嗎？公司可以常常去旅行去泡溫泉，我還想真好！是的，總之忙著玩耍。因為喜歡到外面去，所以雖然不太會喝酒，可是有喜歡喝酒的朋友邀我出去時經常會去喝酒。於是太晚了，就在女的朋友家裡「過夜」之類的。一星期裡面好像感覺有一半左右沒回家。

就這樣，週末多半累了就睡覺，雖然這樣，休假時還是到很多地方去玩過。迪士尼樂園啦、豐島園啦，都是些普通的地方。有時跟女的朋友去，有時跟男的朋友去。也去過國外，像峇里島之類的。男朋友也有幾個，不過還是完全引不起「想結婚」的心情。我想大概維持不下去的心情反而比較強烈。

——別人看起來，一定覺得妳很快樂地交著朋友吧？

我想看起來大概是這樣。可是我心裡其實想東想西的。比方說「我既沒有一技之長，也沒有比別人優越的地方，雖然這樣又引不起想結婚的情緒……」之類的。可是我跟周圍的人這樣講時，我想大家一定都大吃一驚，好像覺得：「什麼，妳在想這些呀？」

尤其到了二十五歲前後，以前要好的朋友漸漸都結婚辭職，或離開了，比起二十歲左右時已經不再那麼年輕了對嗎，所以有時候我也會想這種生活可能很難再繼續下去了。

——所以妳的心就被奧姆真理教吸引去了，不過入信的直接動機是什麼呢？

有一天我想去剪頭髮，我每次都到認識的店去，但那時候因為沒時間，所以很巧我就到附近的美容院。結果當時非常便宜就幫我剪了，後來我又去了幾次，有一天那裡的男人拿奧姆真理教的說明小冊子給我看。他說：「其實我想到這裡去」。我看了以後心想「什麼嘛，好奇怪！」

他教我什麼淨化法。比方喝了水吐出來，讓胃裡面變空，然後從鼻子放帶子進去這樣弄之類的。然後，他問我身體是不是很弱。我皮膚多少會過敏。你看，這裡現在還會這樣（她讓我看手腕）。他接著又說「那麼我幫妳做一次試試看」，於是就試做看看。結果過敏現象一下子就停了。只做一次，第二天就消掉了。

還有，我以前一直食慾不振，只能吃得下小孩用的碗一小半碗飯，後來可以大口大口吃下一整大碗，連我母親都「咦！」大吃一驚。頭痛也停止了，我變得非常健康。

——我想確認一下，妳當時知道所謂奧姆真理教並不只是瑜伽的團體，而是一種宗教嗎？

我知道。正好有選舉，我還戴過象的帽子。可是我對什麼教義啦、麻原大師啦，這些完全沒興趣。我只是想到能讓我身體變得這麼好，應該有一點去接近的價值吧，這種輕鬆心態。所以我想「反正暫且入信看看也不妨」。其中一定有類似好奇心的成分在內吧。

剛開始我到附近的道場去。在那裡跟已經成就的人談話。談了什麼我記不得了。那時候不太有印象。我本來就沒有特別期待什麼，只覺得原來是這種感覺的地方啊。我只是隨便談一談，隨便填一填表。

——他們做各種教義上的說明，妳也隨便聽一聽嗎？

呵呵呵，是的。

——妳說填了表，是指當場就申請入信了嗎？對方的話妳隨便聽一聽，教義也不太清楚，可是總之就先入信了。我到目前為止所問的人，都考慮得比較多，經過一番猶豫才入信的。我覺得妳的情況，好像比人家快噢。

嗯，我想是比較快。入信倒沒關係，可是說入會金三萬圓，半年份的會費一萬八千圓，合計要花四萬八千圓。我說「我沒有那麼多錢，不行」，結果勸我入會的人說「那麼我幫妳出一半」，就幫我付了。並不是我的男朋友或什麼。嗯，不過人非常好。應該說是人很好，或者說因為他勸人入會等於是在積功德，將來會回報到他自己身上，我想原來也有這種事情。於是我想如果是一半的話倒可以。

入信之後，就開始有一些類似義務之類的，也就是要參加一些奉獻活動。常常要到道場去，做一些規定的工作。剛開始我不太想去做。他們叫我們去，也有人沒去的。可是因為勸我入會的人很熱心地邀我去嘛去嘛，而且又在附近，我想去也好，於是就去了。

去到道場，穿著汗衫的那些出家人安安靜靜看起來很淡泊的樣子，看到他們這樣子，我想啊，原來也有這種過日子的方式。跟到公司上班每天趕著通車，那種鬧哄哄的世界完全不一樣。置身在這種地方時，身心感覺非常舒服。於是我也開始到那裡去默默地摺摺宣傳單，到外面去散發傳單。在做這種事情時，有一種心情放鬆的感覺。完全不覺得辛苦。周圍的人也都很親切，氣氛很安詳沉穩。放假的日子我就去道場，或者下班後我也不到任何地方而直接到道場去，摺摺傳單，然後才回家，這樣繼續了一段時期。因為奧姆是二十四小時營業的，所以想去的時候隨時都可以去。

在公司上班，那一陣子很流行不倫。公司內部的外遇事件很多。我看到這種情形覺得很討厭。因為自己的父母親就是這樣的過來人，這種事情實在毫無道理。從那種地方到了道場時，氣氛完全不同。有一種「空白、放鬆」的感覺，在那裡什麼都不用想，只要淡淡地摺著傳單。心情非常舒服。

當時我母親再婚了。算是相當快就找到對象，呵呵呵。於是我們跟這位新父親三個人一起住，不過他是個很爽快的人，對我來說比我的真爸爸，或者說親生父親還容易相處。

我出家是在參加過琉球石垣島的共修會之後。我的情形，從入信到出家之間的時間非常短。共修應該是在九〇年的四月，所以入信後兩個月我很快就出家了。

在石垣島時，雖然聽說過類似世界末日 Armageddon 之類的事，不過真正得到傳授的只有早進去的人，不會告知像我這種在家信徒。因為布施金額的不同，傳授程度會有不同，對這個人只說到這裡，有這種情形。我的情況是，上面教我總之先去石垣島，並沒有詳細說明為什麼。花了我幾十萬圓，我把儲蓄領出來繳費。那時候我想「應該已經可以了」。照現在的樣子繼續生活下去也不怎麼樣啊，我想。去參加共修時，我突然向公司請假。隨便捏造個謊言。所以人家非常不以為然。

到了石垣島，我想，「這是怎麼回事啊？」不過上面指示下來，大家就跟著一起動起來，不是常有這種事嗎？我想這樣很輕鬆啊。因為自己什麼都不用想，只要依著指示照做就行了。沒有必要去一一想自己的人生到底要怎麼樣。我們在沙灘上大家一起做做呼吸法之類的活動。

當時我已經感覺到「大家都只能出家」。當時到石垣島去的在家信徒幾乎都出家了。我也出家了。出家後必須要離開家，公司也必須辭職，所有的錢都必須布施。如果我當時是二十歲的話，我想大概不會出家。可是已經二十五歲了，嗯，我想可以了吧。

——那是因為處在石垣島這種隔離的特殊狀況下也有影響吧？

嗯，不只是這樣，我想出家是時間的問題。就算沒有石垣島之行，我終究還是會被吸引。自己可以不用想事情，可以不用下決定，這還是很大的吸引力。他們說一切交給我們來安排就可以了。一切有人會指示，你只要照著行動就好了。而且那指示是由已經解脫的麻原大師所下的，因此一切已經好好的為大家想過了。

我對教義本身並沒有太大興趣，或者可以說我沒有「這個好棒」的感覺。只覺得各種煩惱都可以解除，真是太棒了。這些如果能解除的話一定會很輕鬆。比方說對父母的感情、想穿漂亮衣服的慾望、討厭別人的煩惱之類的。

可是實際上進了教團之後，發現那裡跟一般社會幾乎一樣。比方有人會說「某某人厭惡很強烈喲」之類的，結果還不是等於說人家的壞話嗎？只是用語不同而已。我想怎麼搞的，這完全沒有改變嘛。

總之我公司也辭職了。我堅持提出辭呈。隨便捏造個理由。說我想出國讀書之類的。公司雖然一直慰留我，可是我想「拜託，不要留我」，好難過。我沒辦法說真話。可是我當時心裡已經下定決心了。

我母親完全不知道奧姆的事。她完全沒有看電視節目。不過我說出家之後就不能再見面時，她哭了一下。她完全沒有想過這種事。以為我忽然身體變好，也有食慾了，覺得很奇怪。她說「是不是孩子長大了差不多要離開父母了」。

——她好像還沒有搞清楚啊（笑）。那麼出家生活怎麼樣呢？

其中也有一些人想見父母親，或想回家的，不過我當時並沒有這樣，可以說很平常，雖然還不至於說，太棒了！不過倒覺得這種生活也不錯，原來這樣啊，差不多是這樣子。

我被帶到阿蘇的波野村去，進到在那裡的所謂生活班。做一些煮煮飯、洗洗衣服之類的工作。那時候我第一次遇到麻原。他忽然說「妳來一下」。我想「什麼事？」便去了，麻原一個人在組合屋裡，我被叫去那裡。兩個人在那裡談了二十分鐘左右。

氣氛好像非常不同。他說「妳是這樣子對嗎？」結果完全說中，總覺得果然不凡……。什麼事情說中嗎？例如「妳在現世做過這種事情對嗎？」還有「妳在現世的時候玩得太過分了，功德都用過度了」說這類的事。還有，對了，他說「妳曾經跟幾個男人交往過對嗎？」這些。周圍的人雖然告訴我說能夠這樣直接跟他見面談話是「很特別的噢」，不過我只覺得：「是嗎？」

——可是這種事情如果事前稍微調查一下，某種程度還是可以知道吧。比方說在現世的時候做了什麼之類的。

是啊。我知道。可是對方是最終解脫者，在那種獨特的氣氛下，被他悄悄地這樣說時，你還是會覺得「啊，好厲害！」剛開始我覺得很可怕。心想對這個人不能說謊話。不過結果並沒有說什麼重要的事情。在那裡談了什麼我幾乎都記不得了。

在阿蘇的生活很辛苦。而且很冷。還有出家後一看，周圍的人幾乎都是一些怪人，心想，真糟糕。該說是奇怪嘛，或者都是一些很自我很任性的人。沒有所謂的常識，總之全都只考慮到自己。我們同一分部出身的還算是比較普通的人，因此我常跟他們聚在一起。我也曾對麻原說過一次「我覺得這裡怪人很多，對嗎？」，麻原說「沒有這回事」。

跟那些人比起來，上面的人，當幹部的那些人則完全不怪。都是非常好的人。我跟比較要好的師可以悄悄說一些真心話。像飯田（惠理子）師姐、新實（智光）師兄、村井（秀夫）師兄，我這樣說也許有人會不高興，不過對我來說他們都是好人。可是下面的人怪人很多。我覺得跟他們處不來。

我從阿蘇回到東京來，在東京本部做事務的工作時，麻原曾經每天都打電話給我。「覺得怎麼樣啊？」或「工作的空檔時間，做一點這種修行試試看怎麼樣？」之類的。談的並不是重要事情。可是他能跟我說這些我還是很高興。因為他並不會對每個人都打這種電話的。周圍的人也對我說「這是妳前世修的功德噢」。可是有時候電話卻忽然斷了不打來了。於是我會想「為什麼沒有打來呢？」我會好難過。現在想起來好像很奇怪，可是在那裡面就會這樣想。

有一次麻原向我強求性關係。那是在富士山我在複製班的時候。所謂複製班，是把講道說法錄音起來的錄音帶，用機器測量看有幾公尺，然後複製錄音帶的工作。以前在東京本部和富士山的事務工作實在太忙了，所以我想做這種比較輕鬆的工作，就託麻原把我調到複製班。因為可以修行半天，另外半天做做複製班悠閒的工作，這就是我所追求的舒適愉快生活。在東京本部做事務時，因為實在太忙，經常只能夠睡三個小時而已。

當時沒有結果（沒有性關係）就過去了。因此，我想啊真幸虧。麻原叫我去他的房間，就變成那樣，在那之前他也說過兩、三次類似的話。他打電話來問我，「妳上次什麼時候來月經？」我想：「怎麼回事？」想一想：「是什麼時候？」下次則說有一種特別的儀式。於是我想奇怪是什麼呢，我問要好的前輩師父，她告訴我「其實是這樣」。也就是做愛的意思。

雖然他強要我，可是我變得全身僵硬。這種狀態（她縮起肩膀，身體僵硬地抱緊）。因此我眼睛看不清楚麻原，相反的變得很敏感，對氣氛之類的很清楚。他大概知道我身體變得很僵硬吧，於是放棄了。碰我一下就會變這樣，後來，我想真的幸虧沒事。

可是對普通別的信徒來說，這（被要求發生性關係）或許是非常可喜、值得感謝的事吧。

——對妳卻不是嗎？

嗯，我覺得很討厭。當然他身為一位尊師，我對他有尊敬的心。在不同的狀況下他說話的方法會截然改變，我想這點大家還是很被他吸引。他對說話時的用語是很用心的人。不過這是不同的兩回事，我還是覺得討厭。我想或許真的有這種儀式，可是我想，麻原會這樣，真討厭。怎麼說才好呢……，我覺得跟我所擁有的麻原的印象好像不一樣。

——不過上面的人，知道麻原跟女信徒有性關係的事嗎？

比較老資格的師，像飯田師和石井（久子）師說有這種事，還說「我以前也有過」。並不想成這是一件好事，或是一件壞事。只想成「密宗的教義是很深奧的」而已。居然有這種事，還真服了。

——不過妳抗拒跟麻原發生性關係，有沒有因此而有什麼反應呢？

這個我不知道。因為後來我的記憶就消失了。我受到電擊。我這裡還留下當時電擊的痕跡（她掀起頭髮讓我看她的頸後。留下一列白色痕跡似的東西）。我還記得進去複製班以前的事，可是後來的事卻完全想不起來。在什麼時候、因為什麼原因失去記憶的，我完全不知道。我問周圍的人，也沒有人肯告訴我。只是曾經有人說過「那是因為妳跟某某君遇到危險的樣子」。因為我對那什麼也不記得，所以我逼問：「嘿，告訴我詳細一點好嗎？」可是對方卻說：「既然記憶消失了，就沒有理由告訴妳。」

——妳跟那個某某君並沒有什麼對嗎？

我完全不記得了。當時有一個受到麻原警告的人，我非常喜歡他，可是那跟這個人是完全不同一個人，我覺得很奇怪，「咦，為什麼是那個人呢？」

麻原很熱心於蒐集男女感情怎麼樣的消息，如果誰跟誰好像很接近，有可能成為情侶時，他就會極力阻止。他也打過電話給我說：「岩倉，妳跟某某君破戒了吧？」而且是滿懷自信說的。可是那個人跟我完全沒有關係。所以我說：「什麼，沒有這種事啊。」他才說：「哦，是嗎？好，我知道了。」把電話掛斷。我想好奇怪。也有過這種事情。

總之我的記憶被消除了，我恢復正常已經是在沙林事件那年（九五年）初。我進複製班是在九三年左右，所以其間大約將近兩年的記憶已經完全變成一片空白。只是，在京都超級市場工作的記憶，偶爾會啪一下閃現。在京都一家奧姆經營的超級市場，我會出其不意地突然想起當時的光景。季節是夏天，我穿著T恤衫，在拉麵的包裝上喀喀地打上價目標籤。而且把清潔劑這樣子排上貨架。好可怕。因為在那期間，我完全不知道自己到底在什麼地方、做了什麼事情。

好像從睡夢中剛剛醒來似的，一留神時自己已經在上九的密室裡。所謂密室原來是師的房間，用來修行之類的地方，而我則像是被監禁的狀態。大小不到一疊榻榻米，被密閉著，門也沒有開洞。因為是冬天還好，如果是夏天的話，我想一定非常熱。從外面上了鎖，只有上廁所和洗澡時才放我出去。

因為是由比我後出家的人照顧我的，所以我問她說：「這到底是怎麼回事？我完全不明白。」但她卻不肯告訴我。我看見我認識的師父，於是問：「為什麼我會被關在這裡？」對方回答：「因為妳無知的業，動物的業出來了。」可是我想那絕對是謊言。因為無知的業而受到這樣的對待是沒有道理的啊。

因為自己的行李放在樓梯邊，當我從裡面拿必需品出來時，村井剛好經過。他問我：「有沒有努力呀？」我說了類似「我不知道事情到底變成什麼樣了」，於是他說：「那麼今天我在幾號密室，晚上請人幫妳打開門鎖，妳就來跟我談吧。」於是我跟照顧我的人這樣說，她居然拒絕我，「不可能這樣就讓妳見面的」。

因此我在上廁所時逃出來。我想辦法到村井的地方去見他。可是中途被照顧我的人抓住，我們扭成一團，連T恤衫都扯破了。那真是不得了。可是我想如果就這樣被抓回去的話就完了，於是我大聲吵鬧。哇——哇——哎喲——我大叫。於是大家跑出來，村井也出來，才說「那麼妳過來這邊吧」。

村井先生以前是非常溫文的人。可是當時氣氛完全不一樣了。他變得非常冷淡，只對我說一些「這樣不行啊」或「妳要好好做才行噢」之類的話而已。

不過那時候因為差不多快要進入強制搜查了，把人關進個別密室不太妙，所以我被移到第六道班那一帶去，然後又被轉到富士做事務工作。不過因為已經到了麻原是否會被逮捕的時期，所以雖說是事務，其實幾乎沒什麼工作了，很輕鬆。

——那時候發生沙林事件，變得非常騷動，妳有沒有想過奧姆可能做了什麼壞事呢？

我沒有想到。當時還想大概是警察捏造的吧。故意捏造一些理由，來收押信徒的新資料吧。我自己雖然遭到淒慘的待遇，卻沒有對教團失望，或懷有很深的懷疑，這些都沒有。倒是想過現在到底變怎麼樣了，村井先生人也跟以前完全不一樣了，真是有點奇怪。

我離開上九，也因為指導系統變得亂七八糟，我討厭那樣。正悟師級的人全部被逮捕，剩下的師父開始每個人隨便亂發命令，我看到這種情形心想「算了」。因為麻原已經不在，我想這樣已經完了。我出去時並沒有什麼問題。我想出去就那樣出去了。

——回到現世有沒有不安？會不會擔心在現實社會也許沒辦法順利適應之類的？

這個我倒沒有想過。我想回到現實社會應該也可以適應。我就那樣回到我母親家裡去，在那裡住了一個月左右。我母親很為我擔心。她說：「每天每天電視都在播出，我真是擔心得快受不了了。」看到電視上報導沙林事件，剛開始我還跟大家說明「這是捏造的謊言不是真的」。可是不久後又想「不可能播出來的人都做同樣的證言吧」，於是我沉默下來不再說話，心想：「難道真的是奧姆幹的嗎？」應該說結果就讓時間來解決吧。

就這樣經過一個月左右，我想我不能不工作了。因為我知道母親在新父親面前是很小心在意的。心想真可憐。於是我拿了家裡給我的應急資金十萬圓離開家，去溫泉旅館做女招待員。我在思考不必付押金和房租而能自力更生，該做什麼才好時，我想到「對了，就是溫泉」。只要到溫泉地去，就可以住在那裡工作。

當然我在面試時沒說我進過奧姆，因此被錄用了，可是後來公安的人來了，真相也暴露出來。老闆娘說：「我不會對任何人說，所以妳安心工作吧。」可是真討厭噢。我在那裡工作了七個月。薪水並不太好，一個月大概二十萬。不過小費很多。我想小費才是關鍵，於是每天每天像奴隸般地拚命工作。還曾經從同一位客人那裡一天領過三次小費。也有幾次來的時候和回去的時候各領一次小費的。我在那裡存了錢，拿到汽車駕照，買了車子。因為在這裡（東京近郊的縣）沒有車子生活不下去。

——聽妳說話覺得妳很積極，很有實行力噢。

沒辦法啊。心想沒辦法只好繼續做。可是現在想起來，還真虧我能做女招待啊。

我現在在做美容方面的工作。這裡警察也來過一次。當時我真火大。因為我的記憶已經被消除，我想我才是被害者呢，真是開玩笑！不過經過一段時間之後，我又開始想：「啊，我不是被害者，而是屬於加害者這邊的。」所以不再對警察反抗，而把我所知道的事情全部一五一十都講出來。

我現在很健康噢。也有食慾。身體不再有什麼痛的地方了。只有記憶還無法恢復。我跟奧姆的人完全沒有來往。既沒有聯絡，跟我父母也說：「我不要接他們的電話」。在奧姆的生活，我也一點都不懷念。

——妳跟正悟師等級的人也有交往，妳認為這些人有沒有可能引起沙林事件？

我想如果上面有指示的話，他們大概會做吧。尤其新實絕對會做。我跟廣瀨（健一）也偶爾談過，他真的是很樸實的人。怎麼說好呢，我還是很同情他們。如果你被命令去做，那裡的氣氛實在不是能說「我不要」的。相反的，你只好說「我很樂意去做」。

——審判時多數實行犯都證言「我本來想拒絕那命令的，可是如果拒絕的話可能會被殺掉，所以在不願意之下不得不做」，可是實際上並不是這樣嗎？

嗯，到底是怎樣呢？不過如果是那種狀況下，我想大家都會高興自己被選上，而主動願意去做噢。如果是普通信徒的話很多是馬馬虎虎過的，可是當上正悟師的人大家都很認真，或者說已經完全瘋掉了。

——妳現在已經像這樣回到現世來工作了，感覺怎麼樣？以前覺得「我並沒有特別優秀，沒有專長」，對活下去還曾經懷有疑問，現在呢？

嗯，沒有這些就這麼樣活下去又何妨呢，我有點這樣想。如果要問我現在還有跟以前同樣的煩惱嗎？我會說沒有了。在進奧姆以前我對親近的人都沒辦法開口說「我怎麼樣……」之類的事情。我不願意再多說，只能到這裡為止，我無法讓別人看到我自己的弱點。可是現在我可以清楚地說出來了。

我的親戚會提出相親的話題來。他們會說差不多該結婚了吧。可是我想，一個曾經跟奧姆有關、進過有這種凶惡犯罪地方的人，也許不可以結婚吧。當然我並沒有犯罪，但至少我曾經在裡面努力做過什麼。

我也曾經覺得很寂寞，當然。尤其是去年。我雖然跟朋友一起去吃飯，也到什麼地方去玩過，可是也有什麼事都沒做的日子，一個人回到這裡，看見天上砰一下爆開的煙火時，眼淚就掉下來了。不過現在也不再有這種情形了。

在奧姆遇到的人裡面，也有很多很有魅力的人。跟在現實世界中認識的人完全不同。怎麼說呢，在現實世界所謂的人際關係都非常表面。可是在奧姆因為大家一起生活在同一個地方，所以有點像家人的感覺。我喜歡小孩。看見我妹妹的小孩時，覺得非常可愛。可是要我結婚擁有自己的孩子，也許因為我曾經是奧姆的信徒吧，這種事情我覺得很難。一想到要跟對方說，就覺得大概不可能……。自己的家庭不太順利可能影響也很大。要是在幸福而沒有問題的家庭長大的人，我想大概就不會進到奧姆裡去了。

「看到審判中麻原的言行，真想吐」

高橋英利 一九六七年生

他一九六七年生於東京立川市。在信州大學理學部主修地質學，並進入研究所專攻測地天文學。從小學開始就很著迷於用望遠鏡觀察天體。由於發生地下鐵沙林事件而深受打擊，退出奧姆真理教。後來在電視等媒體上出面批判教團，並出了名叫《從奧姆歸來》的書。這本書中已詳細描述他如何進入奧姆真理教團，並如何從裡面出來的事實，因此本採訪就不再觸及這方面。那是一本非常有深趣的書，而且寫得很好，如果想知道詳細事實的人不妨讀讀看。

高橋先生就讀研究所時，跟來到信州大學松本校園演講的麻原彰晃談過話，後來由於受井上嘉浩的勸誘而入信。之後，因為研究所的活動繁忙，而有點消極地不太參加教團活動，但終究還是無法在「現世」集中精神專心投入功課，於是再度入信，這次成為出家信徒。那是在松本沙林事件即將發生前，九四年五月的事。

在教團裡他屬於科學技術省，在村井秀夫手下工作。由麻原彰晃直接命令他開發電腦的「地震預知軟體」，他從辛苦做成的軟體中得出的資料，直接預言阪神大震災的發生，還被褒獎說「幹得好」。

他是一個理論上能清晰談話的人——這或許可以說是奥姆真理教信徒（原信徒）的共通點——如果理論上說不通他就無法認同。相反的，如果理論上說得通，就會積極地接受採納。可以看出他這種非常認真的地方好像還不少的樣子。確實從他這樣的眼光來看周圍的事物時，所謂「現世」或許就成為一個充滿矛盾和混亂而難以忍受的地方了。以他的情況，正因理論上的思考能力特別優越，似乎更會往所謂「意義的語言化」走，而陷入一個某種意義上沒有出口的、總體和個體縱橫交錯的個人性圈圈裡去。這種心情倒是可以了解的。

現在他進入一家與測量有關的公司，非常正常地工作、生活著。但關於奥姆真理教是什麼，他說他會花一輩子去認真思考。因此現在他只要一有時間，就去旁聽奥姆真理教關係者的審判。

我大學時代加入美術社團，很活躍地參加過各種活動。不過我想在自己內心裡，卻相當乖離。換句話說，對外裝成很外向地活動的自己，和內向的自己之間的乖離。確實我一方面是很明朗熱心地活動著，也交了很多朋友。可是一旦回到自己房間後，就會一頭埋進非常孤獨的世界裡去。而且周圍沒有一個能跟我共享這種世界的朋友。

我從小就有這種傾向。還記得小時候，我常常躲進壁櫥裡去。我不喜歡跟父母親面對面，就算在房間裡也沒辦法擁有屬於自己的空間。小時候，父母親不是會干涉我們很多事情嗎？能逃出這些，獲得安靜的空間，說起來只有壁櫥裡。這或許是個有點奇怪的興趣，在黑漆漆裡一個人獨自封閉起來時，會有一種自己的意識快速敏銳化似的感覺。可以說在黑暗中和自己面對面。所以像奧姆的靜修 retreat（隱遁性），在某種意義上是我從以前就喜歡的。

我也喜歡鑽進棉被裡把頭整個蒙起來睡覺。把棉被蒙住頭後，就可以進入自己喜歡的另一個世界。雖然意識還清楚，但一面醒著，卻一面進入和夢的世界相交的中間地帶去。在那裡，我可以自由地到任何地方去旅行。在那棉被裡，建築起像是只屬於自己的精神世界。這種習性變得有一點停不下來。

中學時代我常聽前衛搖滾。Pink Floyd 的《The Wall》。那種音樂實在不能聽（笑）。心情會變得非常悲觀厭世。我是透過 King Crimson 樂園才知道葛吉夫（編注：George Ivanovich Gurdjieff，二十世紀初頗具影響力的俄國神祕主義者、哲學家、作曲家、作家、舞蹈家）。King Crimson 的吉他手 Robert Fripp 是葛吉夫的信仰者。他迷上葛吉夫之後作風就大為改變了。

這種音樂對人生的影響，我想是相當大的。

我高中讀的是立川高校，在那個學校我參加很多體育社團活動，包括籃球和羽毛球。這兩種都相當激烈。

上了大學後，我心裡想要跟社會劃開一條界線活下去的心情開始變強。也就是所謂moratorium的人（譯注：六〇年代與社會疏離的年輕人）。我們這個世代是成長在日本已經富裕起來的時代，我有一種從這個看社會的意識。而且我總是無法適應這裡的「大人社會」。總覺得非常扭曲的樣子。於是，我開始想，什麼地方應該有跟這不同的別種生活方式，和別種看世界的方法吧。大學時代因為有很多自由時間，所以我腦子裡這種形象便逐漸膨脹起來。

年輕時候會有這種事情對吧？自己腦子裡想著各種事情，可是一旦掉落到實際上自己生活的現實層面時，卻老是光看到自己的笨拙樣子。我想在我心中類似這種焦躁感很強烈。

為了解除自己的這種焦躁，或為了重新站起來，我開始涉獵各種事物，我想大概是想從中獲得自己可以活下去的活力之類的吧。現世有生活上的苦楚，有對現實社會的矛盾所抱持的疑問。要從這些解脫出來，必須描繪出自己所謂的理想社會，因此才會搭上看起來似乎很合自己這種想法，高舉理想社會旗幟的宗教團體。

一提到奧姆問題，往往立刻就會談到親子關係的彆扭或摩擦。不過我認為問題不能這麼簡單劃分。雖然現實上的挫折，或家庭不和，這些或許確實是導致奧姆吸引人的一個原因。但更大的原因，我想是對世界過度發展的末世性情緒，或者我們全體都抱持這樣的感受。如果著眼於這種全人類、全體日本人普遍感覺到的事情上的話，應該就不會把原因（多數人被奧姆所吸引的原因）概括地歸咎到家族不和，或這類微小的事情上了。

——請等一下。日本人真的大家都懷著末世觀活著嗎？

也許不能簡單地一般化說大家都有。雖然不能這樣說，可是我想大家心裡可能都感覺到，被末世觀侵入很深。雖然是潛在的，眼睛看不見，卻存在那裡，可以說對這種東西感到害怕。因此日本人是否全體被這種末世觀所威脅呢，結果是，有些人看出那黑霧已經散了，有些人則還被困在那黑霧裡看不清楚，只有這層次上的差別而已。如果霧一下散開，可以看透深處的話，我相信誰都會畏縮退卻，被一種恐怖感所威脅。

恐怖感，對即將來臨的近未來。我們對自己生活基礎的社會本身，在最近的未來到底會變怎麼樣，對這動向深深擔心。我認為這種感覺已經升高到頂點，或一個國家越是變得富裕，這種感覺就會越強烈。這種陰影正逐漸增強。我這樣認為。

——可是我倒覺得這與其說是「末世」，不如以「下降」或「沒落」來表現還比較接近。

或許是這樣。不過我想所謂「諾斯特拉達姆斯的大預言」從我小學到中學前後的時期就相當有名，這種末世感般的傳聞隨著媒體的傳播，做為一種資訊，相當深入地滲透進我的意識中。這應該不只是我個人的認識而已。當成單純的世代論或許又有點不妥，不過我想當時日本人對所謂「一九九九年的末世觀」，都深植腦中了。我那時候還計算過，一九九九年我就三十二歲了。啊，我長大以後，必須活在非常可怕的世界。當時已經形成這種陰暗的感覺了。

說到奧姆的信徒，好像每一個人心中都接受過這種末世觀的樣子。因為他們在出家時已經把自己的一切拋棄掉了，藉著出家已經把現世的東西全部結束。換句話說，只有曾經接受過一次結束的那些人，才集中到奧姆的。此外自己心中對近未來還抱有希望的人，還是有所執著。只要還有執著，就沒辦法拋棄自己。可是已經出家的人，說起來就像已經想開了，從懸崖上一口氣跳下去似的。從懸崖跳下去，說起來是有一種快感。有過這種經驗的人，因為這樣而會得到不同的收穫。

因此所謂末世，就成為奧姆真理教的一個軸心。他們說因為世紀末 Armageddon 即將來臨，所以勸人們出家，把全部財產拿來布施，以這做為教團的資金來源。

——可是說到以末世觀為賣點的教派，除了奧姆之外還有很多別的。「耶和華見證人」（Jehovah's Witnesses）也是這樣，美國德州 Waco 的大衛教派（Branch Devidian）也是。他們

跟奧姆有什麼地方不同呢？

一位叫做 Robert Lifton 的宗教學家說：「有很多宗教團體以末世觀為基本教義，不過只有奧姆真理教是自己喚來末世，自己往裡面鑽進去。」那時候我還想，是這樣嗎……？

對於奧姆真理教某部分極強烈的原動力，和他們所走的方向，我到現在無論如何還有部分無法認同。他們擁有這麼強的活力，能夠緊緊吸引那麼多人——這些人當中當然也包括我在內——可是到底為什麼會變成這樣呢？

我在學生時代就受到各種新興宗教的吸引。我也走訪過各種教會或道場。不過當時，我真的很認真地思考世間的未來走向，想努力確立宗教觀，熱心地摸索以那宗教觀為基礎的生活方式。此外從嚴格實踐這一點來說，沒有一個宗教超越奧姆。奧姆總之是最厲害的。我對那種實踐性不禁咋舌佩服。不像其他宗教多半比較偏向觀念性，大家一起追求安穩平靜。奧姆的修行也非常嚴厲。首先要改變自己的身體，然後必須從這改變延長，進而去改變世間，我在這種宗教觀裡感覺非常踏實。如果有（救濟的）可能性的話，也許應該從這種地方開始，我當時這樣想。

例如地球上有所謂的糧食危機，像奧姆食那樣，他們說大家分別都逐漸減少糧食攝取量的話，這種問題或許就可以解決了。不是去想辦法增加供給量，而是把身體逐漸改變下去。我真的也這樣想過。因為奧姆的人都只吃一點點。如果今後人類要跟地球調和地生存下去的話，或許不得不這樣想的時代將會來臨也不一定。

——這好像有點像寇特・馮內果的小說《鬧劇》（*Slapstick*）噢。那本書上也有為了解決糧食問題，中國人全部把身體尺寸弄成只剩一半。

那真有意思啊。

其實，我是分兩次入信奧姆的。結果，第一次並沒有怎樣，但第二次進去時，我非常清楚地感覺到像暴力陰影似的東西。甚至從第一天開始就覺得「啊，這好像很不妙」。在分部時，因為是以在家信徒為主，所以教團還戴著開朗的面具。因為是以過普通生活的人為對象，所以在那裡都裝出溫和的形象。可是到了上九一色村時，那裡只有出家信徒沒有外人。說到出家信徒，全都是些拋棄了一切聚集到這裡來的人。在某種意義上，大家都已經斷線了，跟社會切斷了。在那裡有一種被逼到絕境的迫切感，真的已經到了爆發的地步。

然而，我進去的時候，突然交給我做的工作是製造宇宙清淨器。當時教團說他們受到外部來的沙林毒氣攻擊，他們研究出可以減半這毒性的就是這宇宙清淨器。上面交代我製造這機器的零件，從一開始就這樣。

在我出家前不久曾經聽過教祖的說法。他一面嗯哼嗯哼地猛咳嗽，一面對我們說「我現在，被毒瓦斯所攻擊」。臉上發黑，全身累趴趴地繼續說法。這非常有真實感，我簡直可以說好像就是因為被這臨場感所壓倒而出家的。「我已經只剩一個月可活了。這樣下去教團會毀滅掉。在這之前，相信我的人，就在我下面集合吧。」他這樣說，「請你們當我的盾牌。」這真是非常強烈的說法噢，當時很多在家信徒，都因此而被撼動了。如果說對宗教有所謂信仰的話，當教祖被逼到這樣危險的處境時，自己如果什麼也不能做的話，豈不是稱不上什麼信仰嗎？就這樣一下子就有兩、三百人出家了噢。換句話說我也被捲進這一波裡去。我想這是宗教的探求心，和對教祖的忠誠心，被巧妙地轉換了。

我看出有一點奇怪，還是在他們要我接受所謂「基督的入教儀式」時。這是要全體信徒喝下毒品性藥物的儀式。那種做法怎麼想都太胡扯了。如果在宗教的名目下使用這種藥物，因而讓信徒沉浸精神世界，是相當可疑的，就算承認這只是一種手段，可是既然要做就該做得小心一點。我想大概是類似ＬＳＤ的東西吧，接受的信徒大概都是第一次體驗，因此其中有些人精神都變不正常了。而且這些變不正常的信徒們，就被放到附近的野外去。我看到那樣的光景時，深深感到厭惡。就算是教祖決定，目的在讓信徒突破進入精神世界，可是這種管理也未免太不用心了。

我對這基督的入教儀式感到強烈的反感。在接受過這個之後，我非常煩惱甚至想就這樣脫會。深深受到打擊，眼淚都流出來了。我認真思考：「這到底是什麼樣的地方？」不只是我而已，對於基督的入教儀式不少幹部級的人也相當動搖噢。連已經是成就者、經常跟在麻原身邊的人也這樣。甚至覺得教團已經開始腐敗了。

我自己說自己是「冒險入信」，為了開拓某種未知的世界，某種程度不得不容許那個體制——不是有一句話說「入境隨俗」嗎？——因此我心裡暫且也接受了那體制。但並不是完全接受他們的世界觀和生活觀。我是有這種情況。因此我一方面覺得想試著去適應奧姆有些特異的生活體驗，同時一方面又感覺有另一個想退後一步、以有點清醒的眼光看他們的自己。

我常常被問到，「高橋，你為什麼沒有被教團 mind control（心靈控制）呢？」這種說法也讓我很傷腦筋。換句話說，我也許把奧姆教團當作自己的宗教摸索階段來掌握吧。話雖這麼說，但也因為我出家才一年左右，所以還有思考的餘裕，如果我三年前就進去的話，不知道會變怎麼樣，連我都不知道。因為才一年左右，所以某種程度還留著自己的思考體系。

就在我出家一個月的時候，因為基督的入教儀式那件事情讓我大失所望，我認真地考慮要不要退出。可是自己曾經誇口「我要拋棄現世出家去！」而來到這裡。才一個月左右就要說「還是不行，我要回去」實在說不出口。太丟臉了。這大概是自尊心的問題。不過，本來宗教跟自尊就是矛盾的東西吧……

我那時候的狀況，對教團的疑問實在越來越多，對上面交給我的工作也沒怎麼動手做。例如什麼vajrayana（金剛乘）的教義（為了解脫，連殺人這種事都被容許），沒辦法輕易順從接受。可是這種問題，周圍卻沒有可以商量的信徒，而教祖又高高在上，沒辦法直接談話。對旁邊的人提出疑問：「你不覺得教團的這種地方有點奇怪嗎？」得到的答案也千篇一律是「高橋，我們只能跟隨教團走啊」。所以我想，這非要試著問一問相當多幹部才行。

就在這樣搖擺不定之間，我終於被新實師兄和飯田惠理子師姐和那露波師（Naropa，正悟師名倉文彥）叫去，以訓練新師弟的名義嚴厲地責備，說：「你為什麼不能適應教團生活呢？」或「你根本沒認真修行嘛」或「你沒有皈依師父」之類的，把我痛罵一頓。

我當時想，這正是個好機會，於是試著把我所感覺到的各種疑問乾脆都拿出來問他們。我說，不，請等一下，我現在對教團有這些疑問，因此無法單純地丟開靈魂全力投入教團的活動，並把我所感覺到的事情全部抖出來說明。於是飯田惠理子師姐說：「我們也一樣啊，可是只能跟隨師父，我們沒有別的路可走。」

「妳對師父都不太了解，怎麼能夠跟著師父走呢？」我還這樣質問她。「確實我也相信師父噢。可是我都不知道師父到底是什麼樣的人，怎麼能夠（毫無怨言地）跟著他呢？」我雖然這樣追究，可是回答還是一樣。「你就相信師父，總之只能跟著走就是了。」

因此我真是非常失望。我心想一個大手印（Mahamudra）的成就者，集大家尊敬於一身的人（飯田惠理子）也只不過是這種程度的人嗎？妳這樣也算是一個成就者嗎？我想如果是這種程度的話，再多問也沒有用了。我也試著放膽問過科學技術省的上司村井秀夫，可是他完全不回答我。他什麼也沒說，只是沉默不語。看樣子接下來只能直接問教祖了。後來我就放棄了，決定不講話默默修行。

我在教團裡唯一覺得精神上還可以溝通的是井上嘉浩，因此我很想質問他這些問題的，可是阿難師（Ananda，井上）卻不知道被調到什麼地方的祕密工作場去，完全聯絡不上。就這樣，我真是悶悶不樂地過了幾個月。

進入教團第一年，我在科學技術省，上司村井秀夫師兄命令我蒐集地震相關的資料，可是當時教團的方針實在很渾沌、雜亂，想到這種現況時，實在無法集中精神安心工作，我常常這樣想。我完全看不出教團往後到底要做什麼。所以我乾脆問村井師兄，「我覺得教團好像有什麼陰暗的部分，到底是怎麼樣呢？」我因為占星術的關係而接近教祖身邊，因此日常可以看到一般人看不到的幹部們的行動。說起來實在非常煞有其事，他們的行動都一一隱藏在厚厚的面紗下。而掌握這陰暗部分的核心關鍵人物，我想就是村井師兄。所以我想直接去問他，可是當面又開不了口，於是我打電話給他。村井沉默了一會兒，然後說「你真教人失望」。在那個時候，我感覺到我在教團的人生已經完了。換句話說，我已經被視為「從教團方面來看，這個人已經不能當棋子來用了」。

我不認為奧姆的犯罪是單純的暴走（衝動發飆）。我想其中有他們自己一種明確的宗教目的。就算其中有一部分可以算是暴走，可是我想應該還是有介入確實的宗教觀成分在內。這一點我想知道得更清楚。而且我覺得能說得清楚的大概只有麻原和村井秀夫。其他信徒可能只被當棋子來用而已，可是這兩個人卻不是這樣。他們對那行動目的應該是在有自覺的掌握下，根據這發出指示的。我在這裡頭掙扎，或者獨自面對的對象，可能就是這兩個人的動機吧。

成為沙林實行犯的人之中，很多完全是教祖絕對至上主義者，不管對教團是否懷有任何疑問，都閉著眼睛聽話照做，跟他們比起來，豐田亨則至少還會去思考。我提出對教團的疑問時，他多少會去沉思一下，並回答我：「可是，高橋，世界末日已經快來了，所以不能那樣說噢。」像這樣，他還有一點餘裕透過自己的思考體系來回答。可是很多人卻不是這樣。他們完全不經過自己思考，就說「只要順從師祖的意思去做就行了」。同樣是信徒，我對這種人就覺得談不下去。雖說在同一個教團，但其中也有各種人。

豐田跟我差不多是同一個時期進教團的，所以私下很熟，他出家後算是在短期間內就升格為幹部，他說：「我對教團的動向還不太清楚，不過反正已經當上幹部了，所以總要做出幹部的樣子啊。」聽他這樣說，我記得我還想他也很為難。那還是沙林事件發生前的事。我想像「這個人的立場一定比我要難過多了」。有一段時間我當過他的司機。

大部分的幹部都是花了很長時間才成為教團的人，而豐田卻是所謂即席升級的人。真的很早就出頭。這方面可以說是被教團順利重用了。

——高橋先生，如果村井叫你「去撒沙林」的話，你會不會逃走？

我想我會逃，可是逃的方法也很需要技巧。那些實行犯被設計成處於「無法逃避的狀況」，然後以乘虛而入似的方式發出指示。他們被集合到村井的房間，突然提出「今天的事其實是要……」這樣子。開門見山就這樣說。然後說「這是上面的命令」。這已經像是咒語了。實行犯是挑選當時信仰非常認真的人。然後還說「你們是特別被挑選出來的」，以使命感來訴求。把他們趕進無處可逃的立場之後，再命令他們。所謂皈依，是奧姆真理教信仰的基礎。在這名義下，有把一切都整合化的程序。大家都被這個整到了。

所以我想以現實問題來說，我應該不會被選為實行犯。我還是個小角色，也還沒有成就。換句話說，教團還沒有充分信任我。這種人他們大概不會選。

——我有一點疑問，我採訪過地下鐵沙林事件的被害者，其中有幾個人說：「自己如果在奧姆裡面，在那種狀況下，上面命令你撒沙林的話（從在公司上班的經驗來說）或許無法拒絕

而去做了。」可是高橋先生雖然實際在教團裡卻說「我大概會逃走」，為什麼呢？

這點請讓我說明得詳細一點。或許「逃走」的說法有一點狡猾。讓我說清楚一點吧。如果我再挖深一點自己的心情的話，假如是村井師兄叫我做的話，我可能會逃也不一定。可是如果是井上嘉浩跟我說「高橋，這是救濟喲」然後把袋子交給我，我想我真的會不知道怎麼辦才好。如果他說你跟我一起來吧，我也許會想跟他去。換句話說，這是人跟人的感情問題。

村井師兄確實是我的上司，但可以說很冷淡，高高在上，有一段距離，如果是由他發出指示說「你去撒沙林」的話，我想我大概會逃。當然我會反問他，「為什麼要做這種事？」可是如果他還是強硬地說：「這是對教團有必要的，雖然是骯髒的工作，但無論如何都要你做。」我可能會巧妙地隱藏起自己的真心，當時先接下來，然後在實行前再想辦法順利逃出來。就像廣瀨（健一，Sanjaya，散若耶）因為猶豫不決曾經走下電車一次一樣，我想我也會一面掙扎，結果還是會逃出來。

可是井上嘉浩這個人，卻有能讓我意志動搖的地方。他非常認真地感覺到有宗教性的使命感。如果看到他為這苦悶的狀況時，我想我會想去助他一臂之力。老實說，當時我受他影響非常大。所以如果他強烈要求我「這是只有我們才能達成的使命」的話，我可能會跟著他去。我曾經這樣想過。

——這跟自己現在要去做的行為可能傷害別人，是兩種不同次元的事嗎？

是的。這兩件事分別在不同次元運作。所謂「在不同次元運作」，是指當我們在思考驅使一個人行動的類似原動力的東西時，所謂理論性的思考這東西或許是極為微弱的。例如當上面命令他們「去撒沙林」時，到底那些人（五個實行犯）是否處於能夠從理論上思考的狀態呢？我很懷疑。理論上想「這樣做不行」，而精神上還有餘裕去判斷「那麼別做」。我懷疑他們並沒有這樣的餘裕，而只是陷入恐慌中，處於被當場的趨勢所震驚吞沒的狀態下，就照著指示去做了。如果理論性思考有發揮作用的餘裕的話，我想任何人應該都不會去做那樣的事情。在強烈的師父主義之下，一切都聽師父的話，每個人的價值基準之類的，已經全部崩潰了。我想像當時可能連「這種事如果做了的話可能有很多人會死掉」的事情，都沒有餘裕進入腦子裡也不一定。

我剛才說如果在教團裡待上三年的話，也不知道會變成怎麼樣，就是因為這個。我實在說不出「我絕對不在乎」的話。而且當時，我的心還保持自由地對教團感覺懷疑，在人前提出問題的感受性。可是不管我多強烈地抵抗、阻止，自我還是一定會逐漸崩潰下去。進入教團後，上面強制要求你各種事情，繼續逼迫你，「這種事情你都無法接受嗎？那是因為你的皈依還不夠。」因此你毫無辦法，不斷地感到挫折。我想我總算是撐過來了。跟我一起進去的人裡，就有不少人灰心喪志的。

——那麼如果麻原彰晃本人親自命令你說「高橋，你去做」，你會怎麼樣？

我想我會反問麻原本人。如果他能給我可以接受的說明，我會聽。可是如果不能的話，我會繼續追問到我可以接受為止，那樣的結果我想我就會被排除在任務之外。在那之前，我也是那樣把我真正的感覺親口當著麻原提出來，還被他說過「你是個表裡如一的人」。不過老實說，麻原彰晃和村井秀夫大概無法感動我的心。因為他們在我面前並沒有把心敞開。

至於對象如果是井上嘉浩的問題嘛，這跟我剛才所說的「我也許會跟他去」，或「也許實際上就會採取行動」又是不同的問題。假定面對著許多完全不知道眼前即將發生事情的人時，我到底能不能絲毫無動於衷地默默將傘尖插向沙林毒氣的袋子呢？我能這樣冷徹地完全放棄所謂自我到這個地步嗎？

——請等一下。你剛才用「在強烈的師父主義之下」的表現方式，那麼，你自己是身在師父主義之外了。因為奧姆真理教的信仰本質是師父主義，所以這在理論上是矛盾的，對嗎？

就像我剛才說過的那樣，我在入教儀式的時間點，就（對教團的做法）感覺到非常強烈的疑問。而且我在那時候，把那些疑問都用文字的形式整理出來。可是我想把那提出來，教團裡面卻沒有接受這個的打算。在這種信徒與教祖被隔絕的狀態裡，我真的幻滅了。

——那麼在那個階段，到底是什麼把你高橋留在奧姆真理教裡的？那裡有麻原彰晃、有教義、有同伴嗎？是其中的哪個？

對我來說，幾乎什麼都失去了。對教團和教祖，隨著看到他們的實際狀態之後，無論如何都無法阻止我產生疑問的念頭。只是我把對這信仰，賭在一開始就遇到井上嘉浩這件事上。那幾乎是我留在教團的唯一原因，我想可以這樣說。

我在教團裡是孤獨的。一直很孤立。我在科學技術省雖然被指定做占星術的研究，但我對這種東西完全沒有興趣。我總算也是上過研究所做過科學研究的人。一面使用天體運行的正確科學資料，結果只能用在占卜上，我對繼續做這種奇怪的作業感到非常反感。在奧姆裡面超能力願望之類的事情似乎被當作一個主題，但老實說我不太了解把這當目標的人的心情。我覺得有點偏差。

那麼，既然沒有任何東西能留住我，為什麼我「丟不下懷疑的念頭」還繼續留在教團呢？

你是指這個？我想這大概因為，我終究已經拋棄掉一切了。在進入奧姆時，我把貼有過去照過的全部相片的相本都燒掉。日記也燒掉。跟女朋友也分手了。全部都丟掉了。

——可是你畢竟才二十歲出頭，還大可以從頭再來的年齡，我這樣的說法也許很失禮，不過我想，雖說是拋棄也還不算多麼不得了的東西吧。

嗯，確實看起來或許沒什麼不得了……（笑），可是我自己也想過，我以前還很頑固。奧姆信徒有個共通的地方，就是有一種頑固的地方。包括我在內也是這樣，管他的，像這種不顧一切的頑固，只是一股勁的往前衝。不過因為是以集中力去面對的，所以倒也能從其中得到充實感。教團方面也懂得巧妙利用這個。於是，所謂修行，某種程度能照做的話是可以得到充實感的。在奧姆來說，充實感這東西是一種餌。所以會叫你做激烈的修行。那修行越激烈，能從中得到的充實感就越大。

我到奧姆出家當時，心情上覺得是由自己主動拋棄現世的，可以說相當自我陶醉。但真的是出於自己的意志出家的嗎？……或許只是自己這樣以為而已。由於地下鐵沙林事件我才突然被敲醒。而且因此而決定脫離教團。而且過去一直以為很神祕的東西，都只是一場幻覺，消失得無影無蹤了。就像在深沉的睡夢中被一聲「火災呀！」一喚醒過來，就那樣被趕出外面一樣的感覺。所以，以我來說，這一連串奧姆真理教事件，我想絕對是忘不了的事，不能任其風化的事，我將要一輩子去面對。我想我不能讓自己的腳步再被奧姆真理教這個陰影部分、黑暗的部分所絆倒。

——我想再問你一次有關末世論，奧姆所說的末世觀，是猶太教＝基督教式的末世對嗎？所謂「millenium，千禧年」其實是西歐的發想，有關諾斯特拉達姆斯大預言也跟佛教沒有任何關係。

結果奧姆真理教所謂的 Armageddon（世界末日），不管他們有什麼獨自的思想，我想結果還是輸給基督教的末世觀。要說是輸，不如說被吸收進去吧。所以奧姆真理教光從做為主幹的佛教、西藏密教來看，我覺得好像無法解釋這一連串與奧姆有關的事件。

剛才你舉諾斯特拉達姆斯大預言的例子，好像是說「末世觀這東西並不是我個人的事情」，結果不管是不是基督教信徒，我們都難免背負著所謂末世性趨勢這東西吧——事情就是這樣。

——所謂末世觀這東西老實說我並不太了解。不過我忽然想到，如果其中有什麼存在意義

的話，我覺得就是如何把那「末世觀」在自己內部逐漸解體。

沒錯。其實我就是想說這個。我想末世觀並不是一種已經確定的思想體系，反而只是一個過程而已。在末世觀之後，一定會有淨化它的活動。在這層意義上我認為奧姆事件說起來倒是一種解放。過去一直堆積再堆積的，日本人到目前為止所累積的意識上的扭曲、怨恨之類的東西，在精神的次元被一舉解放出來的就是奧姆事件吧，我這樣認為。不過我並不認為這種現象或狀況，會因為這次的奧姆事件就一切解除。潛在危害社會的細菌式末世觀，還沒有被抹去。既沒有被抹去，也沒有被消化掉。

我想可能有人認為，這種東西在個人的次元裡去掉它不就行了嗎？可是我就算能夠親手把它解除，但做為一種社會動向，已經潛在危害的細菌性末世觀這東西，卻絕對沒有那麼容易抹消。我想說的是這個。

——雖然說是整個社會，普通一般人——或者說相對比較保有平衡感的人——是不是自己也在逐步將它解體，在你所說的「現世」裡，自然地轉換成什麼別的東西呢？

你說解體作業嗎？我也認為這絕對有必要。我想麻原彰晃這個人，就是無法做到這種解體，而輸給了終末思想。所以最後終於不得不以自己的手製造出危機。我感覺麻原彰晃這個宗教家的末世觀，輸給了（別的更大的）末世觀。

——你所說的小時候感覺到的壁櫥式「黑暗世界」，跟你的奧姆真理教體驗有沒有關聯？

有白天的世界和晚上的世界。我想不開到要出家的地步，是因為我認清了在白天的世界，隱藏在我心中的類似願望的東西怎麼都無法消解掉。所以只能把白天的世界抹殺，或去加入某種活動，自己把白天的世界拋棄掉。所以我才會去打開奧姆真理教的這扇門。也就是，像跟自己心中的黑暗相遇一樣。

可是，看到井上嘉浩、豐田亨做了那樣的事情之後，我夢見，說不定我就是他們。這真是可怕的體驗。早晨我嚇出一身冷汗地醒過來。可是那不是夢噢。那是在我眼前實際發生的事。換句話說，在潛意識中睡著的我內在的黑暗東西，全都被奧姆真理教的影子所吸收，而暴露在白日之下了。

因此到目前為止，我才會這樣認真的面對奧姆真理教有關的一連串事件。也盡可能去聽審判。可是我看到審判中麻原彰晃的一連串言行時，真覺得自己實在被騙了。真想吐，不如說真的吐過。只是那種心情真受不了。我也想過這東西沒有看的價值。可是就算那姿態有多難看，我的眼光還是不能避開不看。不能小看這件事。麻原彰晃就算只是一時而已，畢竟曾經在這個世間發生過作用，並引發那樣淒慘的事件，我想我們不可以忘記這事實。就算在我自己心中已經做過了斷了，可是如果還不能超越自己心中的「奧姆真理教事件」的話，就無法向前踏出下一步。

與河合隼雄的對話

關於《地下鐵事件》

本對話於平成九年（一九九七年）五月十七日，《地下鐵事件》刊出後約兩個月，在京都市內舉行。刊載於《現代》雜誌九七年七月號，但在收錄於本書時，又經村上重新修改過。

村上 河合先生，我今天是以請教心理治療師的心情來面談的，通常這種面談要經過好幾次對嗎？我在《地下鐵事件》中所做的採訪，有一部分我覺得也類似面談，不過大部分都只見面一次聽取他們的談話而已。這方面您覺得有什麼不同嗎？

河合 這要看能跟那個人見幾次面，我的態度會跟著改變。如果想到跟這個人以後能會面的時間還很長的話，我幾乎就會放棄去掌握事實，或說出自己的想法。

例如來的人說「我為這樣的問題而煩惱」時，可能完全沒有觸及他父親的事。這時我也許不會說：「很抱歉，請問你父親是怎麼樣的人？」沒有必要這樣問。我對那個人的「真實」更感興趣。

可是如果跟那個人能再見面的次數已經不多時，我就會非常想問他父親的事。在見了幾次面之間，有時會漸漸忍不住想問。我大多會盡量不問，可是如果實在忍不住了就會問。還有如果是犯了某種非常重大罪的人，或想馬上就死的人，這種情形我一定會問。因為如果不清楚事實關係的話，是很可怕的。比方問你到底是怎麼自殺的，以後還想再做嗎，不問不行。還有犯了殺人罪的人，我必須知道，他殺了人之後怎麼想，才能根據這個來改變我們見面的方式。

村上　有嚴重問題的情況，以及並非如此的情況，接觸方式也不同嗎？

河合　不同。比方高中生來找我，說：「我沒有去學校噢。」我只是佩服地聽著「哦？」而已。絕對不會問他：「對了，你父親是做什麼的？」因為讓當事人的真實浮現出來才最重要。因此把焦點集中在這裡。

可是這《地下鐵事件》的情況是只有見面一次的採訪，某種程度事實不清楚也是沒辦法的。這種情況下，我想我也會以大體相同的方式去接觸，不過我可能會很慎重，不要一開始就開門見山地問事實的真相。剛開始我會給對方自由，隨便聊。

村上　要一一問出事實，有時候很難，很不好受。我做這件事情覺得最難過的，或許可以說是進退兩難吧，對有些人來說把事件說出來對他們有益，相反的也有人身心狀況反而會惡化。因此我做到一半也開始相當煩惱。

河合　這個我很能了解。

村上　不過我是因為要寫一本有主題的書，在某種程度上把事實明白呈現出來而做採訪的，因此不得不對事實提出問題。我到底該問到什麼程度才好、該寫到什麼程度才好，想到這些的時候真的很難。當然跟河合先生的情況不同，本來我們兩個所做面談的目的就各有不同。

河合　我們經常一面想到這個一面跟人見面。對方如果快要說過頭時，我會阻止他說「這個我們下次再談吧」。

村上　這靠經驗法則可以感覺到嗎？

河合　是的，也有經驗法則。還有在聽對方談話時，我們自己的感情也會變得非常敏銳。所以如果覺得「有一點可怕」時，就啪一下停下來。

村上　可是在寫書時，卻不能像那樣停下來。

河合　沒錯。因為本來目的就不同。可是，這種話一說出來，就算當時情況惡化，也可能是為了讓下一步變好的中間步驟而已。所以不能簡單斷言是好是壞。即使因為「哇，說出口了」而消沉灰心，也可以改變想法「可是事情就是這樣啊」，而重新振作起來。常常有這種事。

村上　我在採訪中聽著他們說話時，會讓感覺盡可能敏銳。很多事情都試著讓本能去做判斷。可是你無法預測對方會變怎麼樣。就算「結果好轉了」，也不知道在好轉之前到底花了多久的時間。

河合 是啊，這就不太能知道了。不過我的情況是對方提出說要「見面談談」的，所以對方某種程度也不得不想開一點。其次，像你的採訪，他們自己說的話會變成書印出來，這是很重大的事情。如果把自己的經驗談拿來嘰哩呱啦講，讓家裡人和周圍的朋友覺得你真囉唆的也很多，可是像這樣印成書用活字來讀時，卻能信服。旁邊的人也可以了解「啊，原來是這樣」。在這意義上應該是可喜的吧。

村上 相反的，我感覺到大多數上班族被害者好像有「過少申報」的情形。其實他們有十分難過，卻只說出七分左右。就算說出十分了，也要求我印出來時請幫我表達七分就好，要不然，公司會認為「他身體不行，所以已經不能用」。這就是公司。這種事情，寫的人心情也變得很複雜。

河合 因為太多事情都很難，所以我已經放棄寫了。如果我現在做的事情源源本本化為文章的話，我想對大家會更有訴求力。我如果把那些人的苦楚以源源本本的形式寫出來的話，可以更正確地傳達所謂苦是怎麼一回事。可是我不能這樣做。因為我們的工作有所謂保密義務。

我如果寫的話，當然要取得對方同意。或稍微改變形式捏造著來寫。可是捏造的事情就缺少那麼點魄力了。真是不可思議。大家也許以為捏造的可以寫得更有魅力，可是讓我們來做時，捏造的卻沒有力量。當然創作又是另一回事。因為創作是從自己身體裡出來的東西。可是我們所捏造的就只是捏造的事情而已。

村上　我想寫《地下鐵事件》有兩個目的。一個是，蒐集沒有經過媒體加工處理的第一手資訊，把那些排出來。第二是，徹底從被害者的視線來看事情。如果要問為什麼，是因為從來沒有一本書是從這樣的立場來寫的。

我發現如果我像很多媒體記者或評論家那樣，現在把奧姆真理教方面的精神性或思想性提出來在這裡解析的話，一時也幫不上什麼忙。與其落入這種意義的語言化似的迷魂陣裡去，不如暫且把發生的事情放回普通人的現場去，把術語拿掉，重新從那裡來看事情，或許還比較容易看清各種事情吧。

河合　不過我想這也因為村上先生問事情的態度不同，所以才問出這麼多東西來。我看了書的內容時，非常清楚這一點。村上先生在這本書中是扮演問和聽的角色，幾乎沒有站到前面來，可是他們能說出這些話，也因為是村上先生在聽，所以才說得出來，普通人如果問，恐怕也問不出來。真的是這樣。

村上　這具體上來說，是怎麼樣的事情呢？我只是一心一意地在聽而已，並不很清楚。

河合　例如我到震災的地區去。如果我說「那麼，請你把這次震災的經驗說來聽聽。因為我想寫一本書」的話，就問不出這樣的事情來。或許他們會說「噢，真是不得了」，或「房子都倒了」。可是在說著之間，我想他們已經開始厭煩了。換句話說，談的時候，如果沒讓對方了解你，就談不下去。對方認為你不了解的話，他就沒有心情說出來。由於對象不同，話可能變得非常簡單。可是這本書裡面，大家都說得真的非常生動，對吧？平常人家是不可能這樣說出來的。

村上 我對事件當然有興趣，所以才會開始做這樣的採訪，不過我真正有興趣的是人。因為我是作家。所以一開始的三十分鐘到一小時左右我只會跟他談跟事件完全無關的個人的事。出生在什麼地方、在什麼樣的家庭長大、小時候是什麼樣的孩子、在學校做什麼、什麼時候結婚、有幾個小孩、興趣是什麼、在什麼樣的公司上班……，花時間談這些事情。都是一些很有趣的事，我全部都想寫，可是很多人說「因為這是個人的事所以請不要寫」。

但在談著這些時，會漸漸知道對方是什麼樣的人。這個人的形象在我心中逐漸成形。到這裡我才開始說「那麼，關於當天的事」。這樣他們往往可以比較順利地說出來。當然也有不順利的時候。

河合 當然也有不順利的時候。不過不是說沙林怎麼樣，而是那個人走過這樣的人生，這種地方特別有逼真感。「日本人真是努力工作」的感覺非常強烈。

村上 真的很努力。我聽他們說起來，上班時間非常衝非常趕。這樣每天每天繼續數十年如一日。可是幾乎沒有人對這生氣，幾乎沒有人說「好厭煩了」。當然其中也有這樣的人，卻是少數派。大多數人幾乎都毫無怨言地繼續通車上班。我問說「會不會厭煩」時，多數人都回答「別人也都在這樣做啊」。如果不這樣想的話大概做不下去吧。

吸了沙林毒氣身體已經搖搖晃晃的站不穩了，大多數人還是就那樣去公司上班。總之忍耐力很強。有人幾乎快失去知覺了，到公司還跟其他同事一起做收音機體操。

河合　真的是這樣。他們跟我們完全不一樣（笑）。

村上　我認為有兩種思考方式。

一種是，所謂的公司是自己這一邊的系統，其中甚至帶有宗教色彩。這種說法或許有人會認為有問題，可是在某種意義上，公司跟奧姆真理教的系統或許有部分相通的地方。實際被害的上班族中，就有幾個人告白說，如果自己也站在同樣立場的話，或許也會去實行那命令也不一定。

另外一種是「不，那是完全不同的東西。公司這邊的系統跟奧姆那邊的系統是完全異質性的。一方可以包含另一方，讓錯誤的部分調整癒合」這樣的想法。對這兩種想法我現在都還不能簡單地說什麼。

這首先必須弄清楚所謂惡是屬於個人性的東西嗎？或者是屬於系統單位的東西呢？我寫完這本《地下鐵事件》之後，一直在思考這個問題。惡是什麼？還不知道。我感覺如果去追究這個問題的話，或許會在某個地點隱約看出真相來。

河合　不，惡這東西真的是很難的問題。本來就很難，到了現在這個時代，就變得更難了。

村上　惡這東西，對我來說也是驅使我寫作的一個很大的動機。我從以前就想在我的小說中寫出惡這東西的形式。可是沒辦法很適當地集中焦點。我可以寫惡的一面，比方說骯髒、暴力、謊言之類的。可是要寫所謂惡的整體像時，卻掌握不住那樣貌。我在寫這本《地下鐵事件》時也繼續在想這件事。

河合　我也寫過一本叫做《小孩與惡》的書，可是在寫的時候非常煩惱。為了「惡是什麼？」這個問題。

於是，我從惡與創造性有什麼關係這個問題開始寫，這樣比較容易寫。可是我一面寫，一面被人家問到：「你在這裡所寫的所謂惡，如何真正去定義呢？」真難回答。

只是，一神論的人比較容易定義。因為神說是惡的就是惡。可是另一方面，一神論的人也有傷腦筋的地方。「那麼為什麼這個唯一而至高無上的神，要在這個世界上創造出惡呢？」被這樣一問，一神論的人就非常傷腦筋。可是像我們這種多神教的人，從一邊看來是惡的，從另一邊看來卻是善的，都可以說得通。所以說到惡的定義，真的，非常難。

不過關於小孩與惡的書就比較容易寫。因為大人們說是惡的事情，不見得是惡的，我想寫這方面的東西。如果是這個，我可以繼續寫很多。可是我想什麼時候來寫一寫關於惡。現在還沒有所謂惡的心理學方面的書對嗎？雖然有少數幾本有關惡的哲學。

把善與惡截然分成兩邊，說這是善，這是惡，弄不好的話可能會很危險。如果善要驅逐惡，那麼會變成善不管做什麼都沒關係。這是最可怕的事情。奧姆真理教的人，也以為自己是善的，所以才會做出那樣亂七八糟的事對吧？這跟那種不知不覺終於一件又一件地做下惡事的人……又有不同。

從以前就有人說，為了惡而殺人非常稀少；相對之下，為了善而殺人卻非常多。戰爭就是這樣。所以高舉善的多義是非常可怕的。但也不能因此說「惡也是可以容許的」，因此非常傷腦筋。

村上　我在採訪中感覺到，超過某種年齡後，說「奧姆絕對不可原諒」的人就多了起來。這些人把奧姆當作「絕對的惡」來掌握。可是年輕人呢，卻不這樣。從二十幾歲到三十幾歲的人中，倒有相當多人說「那些人的心情我並不是完全不能了解」。當然對行為本身感到很憤怒，對動機則某種程度可以同情。

河合　說到善惡的定義是非常困難的，所以從小開始就在生活中以無形的方式逐漸灌輸的東西影響力很強。這就是善，身體就這樣成長。我讀到地下鐵職員的談話時，真是非常感動。在某種意義上也很佩服。可是年輕人並沒有這種東西。雖然要說是判斷比較有彈性，確實是比較有彈性。

村上　不過在現代社會，到底什麼是善什麼是惡？可以說基準本身就相當搖擺不定對嗎？

河合　可以這麼說。我在寫《小孩與惡》這本書時也想過，什麼是真正的惡呢？要從表面去說是非常困難的。這個社會認為惡的事情，倒可以寫。如果是這種說法的話，要多少都有。可是當我想再進一步深入本質來說事情時，一下子就變得很難了。

村上 我所感覺到的也是這個。關於地下鐵事件、奧姆真理教事件，相當難去適當地完全掌握，終究也因為對「什麼是惡」的定義很難下的關係。如果把觀點集中在撒了沙林因此殺害了很多人這個行為上來說的話，當然是惡的。沒有爭論的餘地。可是如果從奧姆真理教的教義去追溯解析下去時，就會發現那或許不全然是絕對的惡也不一定。我想這理由只是解釋方式不同的問題而已。會出現這種類似乖離的現象。當然如果要深入追究這乖離，可能很有吸引力，可是我覺得往那邊走去也許會很危險。我想，要解開這事件的真相，還是聚集在比較靠近地面的地方採取這種類似「本能的常識」，會有比較大的力量吧。

因此我才去採訪許多被害者個人的談話，不過正確的觀點還相當難掌握。因為我感覺到那些人個別的心中，恐怕也會產生分裂矛盾的地方。

河合 這答案還是只能由村上先生自己找出來。村上先生自己承接下這些被害人種種活生生的苦難，只能由其中找出答案來。可是只用頭腦想是不行的。在這層意義上，我想村上先生下次寫的作品（小說）一定很不簡單。尤其做過這樣沉重的工作之後再來寫。

村上 不過對我來說，我想在下一本，或下下一本，恐怕還沒那麼簡單就得出答案來。我不知道要花多少年，可是我想會是相當久的長期戰。反過來說，也有一種不想太輕易拿出答案的心情。

河合 那不是理論上的結論之類的，畢竟還是以生活方式在人們心中形成的想法，所以會很花時間也是當然的。

村上 我寫《地下鐵事件》這本書時覺得最欣慰的是，許多讀者有純粹生理性反應回來。例如有人說讀過之後大哭一場，或非常非常生氣，氣得身體都變得怪怪的，或怕得有一陣子不敢搭地下鐵。很多人有這種生理性反應就非常坦誠地寫信來。我因為是小說家，所以有這種反應我感到最高興。不過因為是這種不尋常的狀況，或許不應該說高興，可是我覺得與其頭腦所想到的結論或教訓，不如這種身體的直接反應要來得有效多了。

河合 站在讀者的立場來看，因為這不是馬上就能有答案的事情，所以我想大家也不得不先把各種事情當作一種體驗，自己再從中找出下一次的答案。我們也只能這樣想著活下去吧。

村上 我從這工作所得到最寶貴的經驗是，能夠很坦誠地去喜歡與我談話的那些人。這是經由訓練達到的嗎？還是從本來的能力做到的？我不知道。安靜聽著他們談話時，我有一種自然進入對方內心的感覺。就像女巫 medium（靈媒）一樣，咻一下就能進入對面那個人的心裡似的。這對我來說是一種新的體驗。

這種心情我想在日常生活中是不太能體驗到的。除非是熱戀，否則不可能。可是我在持續採訪中，強烈地想要盡量多了解對方，想要盡量多喜歡對方，這種心情還是有能互相溝通的地方。

河合　沒錯。我們的工作也一樣。我在榮格研究所的時候，有一位指導我們的老師很有趣，他這樣說：在跟客人見面的時候，如果無法找到至少某一點你喜歡他的地方的話，最好不要再跟他見面。說到某一點喜歡的地方，真是非常好的說法對吧？

村上　我很可以了解。

河合　所以我這裡會有一些做過亂七八糟事情的人，和各種人來找我談。甚至犯了殺人罪的人也來。可是要找出某一點你喜歡對方的地方是很重要的。那會成為一個基礎。你沒有任何一點喜歡對方還跟他見面，說起來是很失禮的。

村上　有沒有這樣的人？

河合　我這個人，說起來算是比較容易喜歡人的那種典型，所以這種情形很少，到目前為止只有一個人。所以我打算要拒絕掉。我想說，很抱歉，請你到別的地方去好嗎？因為我已經無法跟你見面了。可是那時候我心裡卻有一個聲音。我聽到「你絕對要跟他見面」這樣的聲音。所以我說：「老實說我不想見你。我不太喜歡你。可是我聽到一個聲音說還是跟你見面好了，所以決定跟你見面。」並實際跟他見了面。真不簡單。

村上　結果呢？

河合　很有意思。不過真的很不簡單。那個人有一次也這樣說過，「先生，對了，第一次你說過不想見我對嗎？」我說：「是啊。當時真是這樣。」（笑）曾經有過這種事。

村上 我的情況幾乎都只跟對方見一次面而已，所以感覺到一期一會機緣難得時，很容易就喜歡上對方。可是如果再見兩次、三次的話，或許就會開始覺得很辛苦了。

河合 這時要「喜歡」說起來還相當不簡單。

村上 不能不負起責任。

河合 要負責任是原因之一，其次還有他會進入你心的縫隙裡去，如果你喜歡他的話（笑）。

村上 我試著做這工作之後，才真正感覺到河合先生您所做的這種工作真是不簡單。因為您是日常一直繼續在做的。

河合 是啊。如果不經過一番磨練是辦不到的。而且就像剛才所說的那樣，不喜歡就不行。可是說到這喜歡，會逐漸加深下去。所以跟普通所說的喜歡並不一樣。跟普通所說的「喜歡討厭」次元不同。所以不管見多少次都沒有問題。

可是村上先生的情況，我覺得是因為你能夠喜歡跟他們見面，所以才能談出這些話來喲，絕對是。要不然，他們不可能說出這麼多這麼深。這在讀的時候就非常能感覺得到。

村上 其實他們還說了更多更多有趣的事情。有很多部分他們說「這個請不要寫出來」。雖然對我來說很遺憾。在這層意義上，我所做的事情或許跟非小說類報導作家的方法有點不同。這本書我寫到一半的時候，對於源源本本揭發事實真相已經不太感興趣。我的興趣轉移到把自己放在對方的立場來設身處地去看事情、想事情。所以不管那是多麼有趣的事，如果對方不希望我寫出來的話，我就決定不寫。

河合 我不知道非小說類的報導作家會怎麼說，現在有所謂科學主義噢。據說我們在累積事實（fact），根據事實說話。所以在發掘出新事實的時候，無論如何都會被自然科學所影響。於是就會變成「不得不客觀」，不這樣的話，事實就不會出來。

可是比方說我跟村上先生這樣談著，一下子就了解你的心情了，於是我可以寫「當時村上先生的心情可能是這樣」。可是某一種報導上則採取「村上春樹這樣想」的方式。當然有人可以明確地用不同的寫法來做區分，可是往往會變成這種寫法。這種地方雖然可以用 stoic（禁慾的、克己的）的說法來表達，可是說得不好聽，其實是已經悄悄遠離真實了。在這層意義上，非小說類的人如何評價這本《地下鐵事件》也是非常有趣的事。

村上 我只是單純地想成「不是小說的東西都是 nonfiction（非小說）」，可是並不是這樣，世間好像也有「所謂非小說 nonfiction 是這樣的東西」的看法。不過從小說家的經驗來說，所謂能夠計算化的事實真的是正確的嗎？這種疑問在我心裡已經根深柢固了。

例如，假定夜裡在一條沒有人影的寂寞街上，遇到一個手拿著棒子的奇怪男人。實際上他是一個一六二公分左右的削瘦窮酸的男人，手上拿的棒子也只是像研磨棒般的小棒子。這是事實。可是我想擦肩而過時的真實感覺，對方卻可能看起來像是一八〇公分左右的大塊頭男人，手上拿的東西可能看起來像是金屬製的棒球棒，所以你會心臟怦怦跳。那麼哪邊是真實呢？我想應該是後者吧。其實應該把兩方面的真實並列出來，可是如果只能取其一的話，我在這裡先聲明，我會想取真實勝過事實。因為所謂世界這東西難道不是每個人眼裡所反映出來的東西嗎？有些事實是要蒐集許多這種東西，將它總合起來才看得出來的不是嗎？

河合　這個能寫得非常明確是很好噢。有時候有人會把它寫得不著邊際又混亂不明，於是讀的人也莫名其妙。在這意義上，我想今後在非小說的世界可能也將逐漸出現有趣的東西。

我們心理分析的人都在做所謂的事例研究。這種情況往往會說一些乾燥無味的事實。不過因為我已經習慣了，所以我一面聽著那乾燥無味的事實，會一面湧出很多想像來。但是村上先生的情況卻不同，書中人物的姿態是活生生就那樣源源本本地表現出來呀。

村上　您讀過我書上所收錄的證言，有沒有想過這個人有必要接受心理治療的例子呢？

河合　這倒沒有。只是讀著時會想「這一定很難過吧」。並不是說「很奇怪」。因為遇到那樣嚴重的事情，所以當然會變成那樣。這說起來很難，不過ＰＴＳＤ（譯注：post-traumatic stress disorder，創傷後壓力症候群）並不是奇怪的人才會得的，而是普通人就會得的。所以當時如果知道「我並不奇怪。普通人就會這樣」，就可以放輕鬆。我讀的時候很強烈地覺得當時如果有人可以商量就好了，在這意義上我覺得他們真可憐。

村上　是啊。沒有人可以商量，我想是非常嚴重的事。

河合　如果不小心把這事情說出來，人家會以為「你怎麼啦，真奇怪的傢伙」。我在震災時也說過很多次。我說不是這樣，遇到那樣大的災難會變得怪怪的是理所當然的。普通人就會變這樣，我非常強調這個。這倒很有用。後來有人告訴我，因為這句話而得救。

村上　最可憐的是，不被公司了解的例子。他們是在去上班的途中被害的，也就是所謂的勞災，即使這樣，公司還是完全不體諒他們。不但不體諒，反而因為他們體力受損影響戰力，而將他們裁掉。不少人是因此而被公司裁掉的。

河合　說起來因為日本人排除異質性者的傾向非常強。說得更明白一點，他們把社會對奧姆真理教的敵意，衝著被害者身上來，連被害者都被當成「怪人」。他們把認為奧姆真是豈有此理的意識，轉而埋怨被害者「幹嘛還嘀嘀咕咕的抱怨」。我相信很多人有這種經驗。

村上　震災時也這樣，剛開始時大家很激動，然後變成類似同情，這也過去之後，就變成「還沒完嗎？」這樣階段式的改變。

河合　你說得沒錯。有人覺得奧姆骯髒或這類的印象，卻衝著被害者這邊發洩。真是非常奇怪，可是這種事情就是發生了。非常可憐。

村上　在某種意義上非常象徵性的是，正好就在美俄冷戰體制崩潰後，在沒有右沒有左、沒有前沒有後的狀況下，爆發關西大震災和這奧姆事件。因此，到底應該以什麼樣的主軸來掌握這一連串發生的事件呢？還真沒辦法一下子判斷。

河合　地震因為是天災，所以有一點不同，如果冷戰體制繼續下去的話，像奧姆這樣的東西就不容易出現對嗎？也就是說從任何方面怎麼看，都有眼睛可以看得出來的明顯的惡。那必須打擊才行，大家腦筋比較容易整理。可是現在沒辦法整理，不知道該怎麼辦才好的時候，卻啪一下出現這種奇怪的現象。

村上　我把這個用故事性用語來掌握。

河合　換句話說，在失去故事性主軸時，麻原就一下子把故事帶進來了對嗎？所以能夠那樣吸引人。我想正如你說的那樣。

村上　在這個意義上就看有沒有才華，或有沒有超能力了。

河合　非常有噢。

村上　我以一個小說家的身分對這點非常關心。能夠吸引這麼多人的故事性，說起來到底是什麼樣的東西呢？還有那樣的故事性為什麼非帶來那樣可怕的致命性結果不可呢？這樣想下去時，會想到故事性中是不是有善的故事和惡的故事呢？到這裡又繞回所謂「惡是什麼」的命題了。

河合　這真是個有趣的問題。到底怎麼樣噢？不過我想目前只要是故事就不該有限制，這是一般的認識。不過說到那影響力卻非常厲害。

村上　純粹當作故事來想的話，所謂「因為人都是有污點的，所以幫忙除掉他是對的」道理說得通。以故事的情節和道理來說，沒錯。可是當那道理以「撒沙林」具體呈現時，就毫無疑問變成惡了。這兩者之間該畫出一條什麼樣的界線才好呢？

河合　例如有一個故事叫做「鐵人28號」對嗎？那類的英雄啪一下飛上天空去救人。孩子們讀了這個，自己也想變那樣，於是脖子綁起一塊方巾，啪一下學飛的樣子。可是實際上有沒有從二樓跳出去而死掉的小孩呢？倒沒有。說到小孩也真厲害。故事雖然非常逼真，可是那跟外在現實之間，他們可以分得清清楚楚。

往往有人會直接批評故事。他們說那是幻想，魔杖一揮，一下就飛上天空，真是豈有此理，亂來。如果小孩以為只要用魔杖就能把書讀好的話，就不必孜孜不倦地去用功讀書了。可是，拚命用功讀書就能出人頭地變偉大的說法更是大謊言（笑）。沒這回事。《巨人之星》也一樣。說什麼每天每天那樣猛練習就可以成為巨人棒球隊之星，那才是大謊言。如果大家都相信那個而全都開始猛練棒球的話，會變成多可憐哪。幸虧小孩都知道得很清楚，所以沒去做。

在這意義上，所謂故事真是很有意思啊。

村上　還有，這只是我的假設，或許麻原所提出故事的力量，已經超越他自己本身的力量了吧。

河合　這就是故事可怕的地方了。故事擁有的影響力已經超過那個說故事者的影響力。使那說故事的人自己也成為故事的犧牲品。這樣一來，想阻止都沒辦法了。

村上　說起來確實也有從某種負面地方出來的故事。而且正因那是負面的，所以有時還更有力。小說家中也有從非常曲折坎坷的惡劣狀況下醞釀出傑出故事的人。所以不能簡單地說，出處如何如何，可是在某個現實部分當那負面性超越了本人時，我想很可能就會產生致命性因素了。

河合　所以麻原在最後的時候，可能也想停下來。可是他想停卻停不下來了。我想希特勒也是這樣。已經沒辦法停止了。自己變成自己所製造出來故事的犧牲品。我認為麻原完全就是這樣。

而且到目前為止，世間太少關於死的故事。所以像麻原那樣單純的故事也能擁有那麼厲害的力量。古時候到處都有關於死的故事。這個世界本來就充滿痛苦，所以死後要怎樣才能變快樂呢？大家都在想這個（笑）。所以大家聽了親鸞講道都非常感動〔譯注：親鸞（1173-1262），鎌倉初期的僧侶。淨土真宗的開祖。肯定在家生活，是第一位結婚的僧侶。著作《教行信證》成為淨土真宗的開宗之本〕。可是現在大家太熱中於如何活在當下這個世間，變得對死有盲點。這時候他以猛烈的姿態出現，於是年輕人就嘩一下往那邊跑。這我好像可以了解。

村上　作為一個小說家，我想沒有故事不是從負面地方出來的。要表現故事真正的陰影或深度，幾乎都是負面的東西。只是那要在什麼地方跟總體世界互相調整下去，在什麼地方該畫出一條界線？我想這是個很大的問題。因此無論如何都需要有平衡感對嗎？

河合 是啊。要擁抱那負面的東西，需要有抱緊的時期。或者說醞釀的期間。這期間越長，跟那相對的正面東西自然會出來。對正面的東西也可以這樣說。單純只想到正面事情的人，說起來都很愚蠢，實在聽不下去（笑）。

村上 說到麻原的故事，終究被他的偏執妄想所污染，社會居然沒有預備能夠對抗那偏執妄想的有效免疫源式的故事，這還是一個問題。

河合 關於這一點，我想還有非常大的盲點。日本這個國家說起來在某種意義上，沒有一個國家比它更宗教化，同時在某種意義上，也沒有一個國家活得像它這樣跟宗教無緣的。所以才會突然發生這樣的事件。

村上 所以我在寫那本書時這樣想，雖然社會本身沒有具備防止那事件的抑制性免疫源，可是在每一個人所說的故事中，還是可以感覺到確實的力量。可以說是潛在的力量吧。而且這些故事只要一個又一個地累積起來，或許就可以從中產生某種巨大的力量。我在寫這本書時，確實不得不感到許多絕望的地方，可是如果要問我，是不是因此而變悲觀的話，答案是沒有。我反而感覺到一種類似希望的東西。不過如果問到，這種個別的力量如何能顯化為社會的力量時，我現在還在五里霧中找不到答案。

河合　這是日本的特徵。基督教傳教士來的時候，他們想「沒有像這樣容易處理的國家」，應該可以產生非常多基督徒吧。然而完全不是這樣。因為這邊擁有某些東西，所以沒有那麼容易感染。觀察看看擁有的是什麼東西時，發現是非常正面的，正面而令人安心的東西。可是要問那是以什麼形式呈現的，卻無法適當說明。非常難。

村上　有這種自我矛盾的地方。例如雖然無法阻止像奧姆真理教一樣的東西發生，可是一旦發生之後，卻確實有力量去淨化它。可以說是自然治癒力吧。所以可以有所謂「不能阻止像地下鐵事件這樣的事件發生，難道不是社會的失敗嗎？」的說法，另一方面也能確實感覺出能超越它的強大力量。看到這樣的情形，到底什麼是對的，已經漸漸搞不清楚了。

河合　嗯，我很能了解。真的像你說的那樣。

村上　這本書有計畫要翻成英語，可是我擔心這本書上所寫的事情，可能有很多是外國人不能輕易了解的。

河合　我也這樣想過。美國人如果讀了這本書會怎麼想？在這層意義上，我倒希望他們務必讀讀看（笑）。

村上　為了知道日本到底是什麼樣的國家，希望外國人也能讀讀看，不過我一直希望奧姆方面的人也能來讀讀看這本書。畢竟要從凝固於麻原的故事裡融解出來，只有帶進別的故事才行。換句話說，比方就算用專門打擊迷思的說法「這邊是對的，那邊是錯的，所以請回到這邊來」這種說教，我想也是沒有用的。

我總覺得，現在的世界有點奇怪，一定有什麼地方錯了，這種感覺某種意義上是正常的。討厭上學，討厭社會，這是當然的對嗎？我以前也很討厭這些。所以想離開這種地方去追求更深的精神領域，以動機本身來說也許沒錯。所以我不能簡單地說「別再這樣了，回去上學，回到社會去。那樣才對」。只是與其吞進那樣的負面東西，如果有很大的正面東西的話，事情應該會比較順利。換句話說吞進故事，我是說更大的故事。我想結果與其說是善惡的勝負之戰，不如說是規模的勝負之戰吧。

談到「超越善惡」時我想到的，這樣說也許有一點不恰當，不過當我在採訪時切身感覺到一件事情。那就是在地下鐵事件中，受害者個別所受到傷害的質，說起來或許有些地方跟那個人過去自己內心一直擁有的某種個人性被害類型相呼應吧？

河合 我想你說得完全對。因為是那個人所接受的，所以就算是一點點小東西，可是通過那部分卻會啪一下被擴大呈現出來。所以寫這種東西難就難在，每個人這種隱晦的部分似乎逐漸露出來的地方。甚至很隱私的東西。所以非常難。

村上 不過，這不單純只是無罪的一般市民偶然間受到無意義的事件傷害，不只是這樣對嗎？這是內部與外部無論如何都會互相牽連的部分。在這層意義上我為了寫這本書所做的事情，對我來說是極有意義的事，不過同時我也覺得是一件令我感到非常害怕的事。寫成這樣一本書的形式告一段落之後，尤其深深這樣感覺。

河合　這絕對會害怕。所以我在日常生活中盡可能裝得冷淡（笑）。如果你熱心體貼得不恰當時，事情有時候會變得很糟糕。真的。

懷著「惡」活下去

平成十年（一九九八年）八月十日，在京都對談。

村上　在我打算寫《地下鐵事件》的當時，因為社會的關心壓倒性偏向地下鐵沙林事件加害者方面的奧姆真理教，所以我有心想試著把遭受被害一方的普通人的姿態，以接近地面的眼光來把他們浮雕出來。不光是因為「有這樣可憐的被害者」。

可是一旦整理成書的形式出版之後，「光這樣可能還不夠」的感覺卻越來越深。自己內心既然曾經一度採取這樣的觀點，下一次似乎有必要把眼光轉向奧姆真理教這一邊。如果不這樣似乎看不出真正的整體樣貌。

河合　當然應該這樣。

村上　因此我首先採訪了幾個奧姆真理教的信徒，和以前曾經是信徒的人，可是身為一個小說家，老實說，我可以說我相當受到奧姆真理教方面的人所共通擁有的問題意識之類的東西強烈地吸引。因為跟我聽被害者方面談話時比起來，這部分的呈現方式還是比較明確。只是他們所說的，如何處理這問題意識的方法，倒不太吸引我。相反的，關於《地下鐵事件》書中所提到的被害者方面來說，跟對問題意識的擁有方式比起來，我對問題本身的處理方式比較感興趣。這兩種人雖然擁有相當多同質的問題，卻是以異質的意識生活著，我好像深深感覺到這不同。

河合　奧姆的人所做的事情和小說家所做的事情好像有相似的部分，同時也有不同之處，你這樣寫對嗎？這我覺得非常有趣。

「然而同時，我和他們促膝交談之間，不得不深深感覺到小說家寫小說這種行為，和他們希求於宗教的行為之間，有一種難以消除的類似共同點的東西存在。其中有非常相似的東西。這確實是真的。話雖這麼說，卻恐怕不能將這兩種行為定義成完全同根。因為，其中雖有相似性卻同時存在著某種決定性的相異點。我和他們談話，之所以引起我個人的興趣正是因為這點，此外，也因此而有時會感到類似憤怒的情緒。」（摘自《文藝春秋》九八年四月號．後地下鐵事件《約束的場所》〈前言〉）

村上　這個我感覺非常強烈。我把意識的焦點，調降到類似自己存在底層的部分，在這層意義上，我想寫小說和追求宗教，重疊的部分相當大。我覺得在這樣的文脈上，我才能某種程度正確理解他們所說的宗教觀。不過不同的地方在於，在這種作業中，自己能夠自主地負起最後責任到什麼地步呢？明白說，我們以作品的形式可以自己一個人承擔下這個責任，不得不承擔，而他們終究必須委任於師父或教義。簡單說這是決定性的差異。

在我跟他們談話的時候，一談到宗教，他們的話就說不下去了。於是，我一直想，為什麼？為什麼？最後我終於想到，我們非常本能地把世界這東西的結構，想成像中國盒子（Chinese box）似的東西來掌握。盒子裡還有盒子，那盒子裡又還有盒子……這樣的東西。我們現在所掌握的世界之外，或之內，可能還有另一層別的盒子，我們潛意識中可能這樣理解。這種理解在我們的世界裡賦與了陰影，也賦與了深度。以音樂來說，就像賦與泛音一樣。可是奧姆的人，嘴裡雖然說在追求「另一個世界」，但對他們來說實際世界的成立方式，卻奇怪地單一而平板。在某個地方廣度停頓了。他們看到的世界，有只看到一層盒子的情形。

河合　這我有同感。完全是這樣。

村上　例如有個人叫上祐。這個人會非常巧妙地使用修辭學來展開論點，可是他所說的卻是只在一層限定盒子裡才通用的語言和理論。一出到外面去就行不通了，所以當然沒辦法打動人心。可是因此卻非常單純、堅固而完結。他可能也知道這點，所以反過來巧妙地運用。對手沒辦法說得贏他。雖然明知他說的沒有深度，有點奇怪，卻無法有效地反駁他。所以大家都很焦躁。可是聽奧姆的人說，沒有人腦筋比上祐好的。他們無條件地服了他、尊敬他。要他們說明到底什麼地方奇怪是非常困難的。因為必須證明那盒子的限定性。

河合　是啊。這非常困難。不過想想看，我們小時候大家都很無所謂地去殺人。因為那是戰爭。而且有人胡亂殺人之後，還得到勳章。那也是只要在某一層盒子裡的話，全都可以理直氣壯地大聲說這是對的，說得通的。

村上　我跟奧姆的人見面時很多人都讓我覺得「這個人相當好啊」。說得明白一點，被害者那邊有強烈個性的人比較多。不管是好是壞都讓人覺得「啊，這就是社會」。可是跟他們比較起來，奧姆的人概括起來卻只能說「感覺很好」。

河合　這是因為能擾亂世間的多半都是一些「好傢伙」噢。所謂壞傢伙，其實幹不了什麼大事。說起來壞人殺人的，應該不多。大體上說來有善意的人反而亂七八糟地殺人。人家常常說，基於惡意的殺人，被殺的人數有限，反而為了正義而殺人的人數比較大量噢。所以要做好事，是非常困難的。因為這些奧姆的人，無論如何說起來也是都被「好事」所迷住的人。

村上　原來如此。

河合　而且，就像村上先生所說的那樣，大家全都一窩蜂地擁進盒子裡去。所謂「好孩子」的盒子裡。那確實是再危險不過的事了，如果知道是這麼回事的話，他們確實是相當好的傢伙。他們有某種，怎麼說才好呢，他們應該都有坦率或誠實的一面。要不然也不會進入像奧姆這樣的地方。

村上　確實在一般社會沒有人是為了「善的動機」而進公司的噢。

河合　大家沒什麼動機就進去了（笑）。

村上　不過奧姆的情況，在進去的時候，卻確實有一個所謂「善的動機」。而且也有一個所謂善的目的。

河合　而且為了這個還拋棄了世間的一切利益而進去。

村上　對了，我想到一件事。說到拋棄一切，是不是一件很舒服很痛快的事呢？

河合　這也因人而異。有人多麼想「我要拋棄一切」卻拋棄不了。其次也有人臉上裝成要拋棄一切的樣子，其實只是暫時放在一邊而已。我也一樣（笑）。

村上　可是我聽他們說起來，很意外的是，大家似乎很簡單地就出家去了。好像話才說著說著，突然就提到「於是我就出家去了」。我反問他們：「請等一下，所謂出家去了，是要把家人和工作財產都拋棄對嗎？那不是相當嚴重的事情嗎？」可是對很多人來說，感覺卻不像從「清水寺的舞台跳下去」（譯註：「清水の舞台から飛び降り」，意指「破釜沉舟」，下定決心）那樣堅決。

河合　仔細想想，要到那個世界去時，沒有人會帶東西去噢。大家都得拋棄一切過去對嗎？所以出家就跟死一樣。就像要去另一個世界一樣。所以要說輕鬆也很輕鬆，可以說全部清理得一乾二淨了，但話雖這麼說，我們畢竟還是全都活在這個世界上，所以在拋棄東西的同時，也必須承受活在這個世間的痛苦，不得不同時擁有這兩方面。我想如果不是這樣的人的話，其實是不能信任的。因為他們既然已經沒有牽掛也就失去鬥志了。

村上 可是他們會說，這種類似物慾的東西會讓人的煩惱膨脹，讓人無謂地耗損下去。所以我們必須拋棄煩惱追求純化。

河合 所以呀，有煩惱而不消耗就不成宗教了。拋棄得了煩惱的話，那麼那種人已經成佛了啊。

村上 拋棄煩惱並不是修行。

河合 嗯。那樣已經是佛了，不是人類的修養了噢。可是我們不是神或佛。所以就像以為沒有煩惱了，其實還有一樣……，親鸞就是這樣，對嗎？以為沒有了，結果還有，這種情況一直反覆繼續下去。因為徹底這樣做了，所以親鸞才能達到那個境界。一開始就想模仿他，我想一定不行。

所以在這裡出現的（奧姆）人，懷抱煩惱活下去的力量還有一點不夠。很遺憾。如果從錯誤的方向來打光的話，或許可以說他們看起來比我們凡人清純，比我們想得深入。雖然可以這麼說，但那還是非常危險的。如果這些人全都能到得了佛的國度去的話，倒很好，可是只要他們出現在這個世間，那就很難了。所以只要生為一個人活在這個世間，要從煩惱中解脫幾乎是不可能的，我這樣想。

村上　可是其中顯然有讓你認為「這個人活在世間一定很難過」的人對嗎？他們跟一般社會的價值觀本來就完全格格不入。雖然不知道這種人在總人口中占百分之幾，但我想不管是好是壞，在社會體系中過不下去的人，確實存在。我想如果有類似能夠接納這些人的收容單位不是很好嗎？

河合　這是村上先生所說的事情中我最贊成的地方。換句話說，所謂一個社會如果健全運作的話，應該有這些人能夠立足的地方。可是大家都錯誤地以為，排除這些人的話，社會就能健全起來。這是大錯特錯的。現在的社會太缺少這種地方了。

村上　脫離奧姆的人，也異口同聲地說並不後悔進入奧姆這件事情本身。

河合　我想如果是他們自己犯罪的話倒另當別論，可是這些（接受採訪的）人並不知道這件事。所以不會後悔，還有人想繼續留下也是理所當然的。真的正如村上先生所說的那樣，你要教他們不要去的話，總要有不去之後可以代替做的什麼事情啊。

這跟吸強力膠的孩子一樣。比方你對吸膠的孩子說，吸強力膠不好你別吸了，這誰都可以說。吸的人自己也知道，最好不要吸。問題是他停止吸之後，這邊如果沒有確實擁有他以後活得下去的世界的話，絕對沒辦法讓他停止。酗酒的人也一樣。你說酒最好戒掉，這誰都會說。正因為那個世界對那個人來說是有意義的，他們才會做。所以從奧姆出來的人，說真的其實很可憐。

村上 我也覺得很可憐。

河合 還有，在採訪中有人說進到奧姆才不久身體一下子就變好起來對嗎？這個，我很了解。我們這裡也有這種人來。結果，見了面談著話的時候我就這樣想，這種人如果到奧姆之類的地方去的話，也許一下子病都好了。就像村上先生式的說法那樣，把他們一下子放進一個盒子裡去。所以一旦進去之後，一下子病就治好了。

村上 我懂。

河合 可是一旦進去以後，接下來是盒子該怎麼辦？這倒是個非常大的問題。所以我們必須讓這種人不進入盒子而把病治好。那樣的話要花很長的時間。不過，我最近想，花長一點的時間，也是當然的啊。

可是我也有話要說：「你呀，如果想要早一點治好的話，請到別的地方去。到我這裡來的話是不能很快治好的噢。」對方會嚇一跳：「哦？」「我不確定我對治好熱不熱心，」我說：「我不是對治療熱心，而是對你能好好的活下去比較熱心，這真的要花很長時間。如果你一定要很快治好的話，我建議你去這個地方。」

如果受不了花時間的人，我會建議他換這樣的地方。可是這些人很能了解。也有人說「治不好也沒關係」。更極端的還有人說：「我不是為了要你幫我治療而來這裡的。」好厲害。

可是其中也有人說「我到先生這裡來一點也沒有比較好。人家說如果到某某地方去的話可能立刻可以治好」，我就說「那裡呀，我想最好不要去，如果你很想去的話就去吧。不過隨時歡迎你回來」。於是，他去了症狀一下子就治好了。雖然治好了，可是後來卻糟了。於是，搞得亂七八糟又回來了。可是因為曾經經歷過一次這種情形，所以說「還是慢慢來吧」，於是重新來過。

村上　所謂「進入盒子」，以狂信者來說就是指「絕對皈依」。

河合　是的，就是絕對皈依。這要說輕鬆是很輕鬆。我看這些人，他們全部對世界都懷有「這有點奇怪」的疑問。那麼，這所謂「有點奇怪」，如果在盒子裡時，就可以用所謂「這是業」來全部說明得一清二楚。

村上　全部可以說明得通，對這些人來說是很重要的噢。

河合　是啊。可是，全部能說得通的理論這東西是絕對不行的。如果要問我的話是這樣，不過，普通人卻喜歡全部可以說明的東西喲。

村上　是啊。大家都在追求這個。這不只是宗教，一般媒體也是這樣對嗎？

其次我想到另外一件事，麻原彰晃這個人好像是個非常自我矛盾的人。缺點很多，在很多方面很醜陋。可是我覺得結果這好像反而很好的樣子。如果他很清潔、英俊、口若懸河般雄辯的話，人家也許不會那樣跟從他也不一定，我這樣覺得。

河合　好像可以徹底說明，讓人全部聽得懂的樣子，可是教祖必須要有某種不可解的地方。這方面他也許有天分吧。可是，這個可以了解喲。能站上那樣的立場，那樣看著時，判斷力也會非常精準透徹。當然也會有很離譜的錯誤。雖然會出錯，不過我想他憑直覺可以啪一下就知道的情況也相當多。所以大家一下子就被他打倒了。我們也常常會有看一眼就當場啪啪地知道很多事的情形。真的。

村上　希特勒也有這種類似超能力的直覺力噢。軍事家都看不透的事情他能一一看透，在戰爭中得到壓倒性的勝利。

河合　沒錯。不過最後卻不行了。運動選手也一樣。有時候一直戰勝、戰勝、連續戰勝噢。這時候叫做「不信邪」、「不信會輸」。在絕對無法逆轉的情況下，只要認為「我一定會贏」，心中就非常安定，確實就那樣反敗為勝了。可是一旦不行之後，接著卻怎麼也起不來。不過人在某一段時期，會有這種非常清明透徹，透徹得不得了的情況。我們的職業中最可怕的就是這個噢。

村上　您是說，身為一個心理治療師的職業生涯中是嗎？看到什麼人就能啪一下看穿對方？

河合　是的。或者說，感覺好像看透了對方，而且很有趣的是會完完全全猜中。比方說，心想可能是這樣，結果真的是這樣。可是開始準之後，又絕對會變不準噢。終究還是會不準。

因為這就是人哪。然後我不是指麻原彰晃，有時我們也會想到「我要想辦法幫他」。這時候卻不行了。

因此我自己這樣想，我好像修行得漸漸不知道會怎麼樣了。在比較年輕的時候，我以為自己好像更知道的樣子。真的。人雖然有所謂「清明透徹」的時期。可是喜歡這個的人全部都變不行了噢。

村上　我想再回到剛才所提到的話題，關於不能順利適應社會（現世）的人，您認為可以創立能有效接受這些人的收容單位嗎？

河合　人類這東西，說起來，已經知道要讓煩惱某種程度得到滿足，形成盡量讓這有效化的世界。而且尤其是近代以來，這已經變得相當直接、相當有效率了。所謂變得直接、有效率，指的是不適合這樣的人增加了，這是難免的。這種體制現在正在形成。所以，我們對這些「不適合」的人該怎麼想呢？

對他們能夠產生一些衝擊的是藝術或文學之類的東西。這是非常重要的東西，可是有人對這也沒興趣。那麼這些人怎麼辦呢？這是個難題。只是我們想一想，如果有類似生活保護的政策，我覺得支付他們補助金應該是理所當然的。因為有補助金，所以請你們快樂地生活吧。

村上　有道理（笑）。

河合　他們一面做有趣的事，就比較可以活得下去了噢。我也跟這些人見過面。還是有人擁有自己的世界好好活著的。

村上 換句話說，不管是不是公家的，總之社會本身最好能設有容納他們的體制對嗎？

河合 我這樣認為。不明事理的人，會說什麼生活保護嘛？豈有此理！要是有錢付給他們還不如用在振興日本經濟，或說這些人就讓他們掉落下去好了，事情不是這樣，社會還是越能好好地為大家設想，越可以付得起錢給這些人，我想我們還是有這樣的義務。

村上 我也聽過這樣的意見，有人說除了引起地下鐵沙林事件等，造成社會犯罪事件這樣的體質之外，奧姆真理教倒是一個能容納這些人的很好容器。他說實際上現在的奧姆真理教，就是排除犯罪的部分，純粹以宗教團體繼續活動的。這不曉得會怎麼樣？理論上雖然可以理解，不過也覺得大概沒有這麼簡單吧。

河合 所以，教團本身其實是好的容器。不過，光是好的容器還不行。如果變成採取那麼純粹、極端形式的教團的話，一定還會發生問題。那麼純粹的東西緊緊地聚集在內部時，外側如果沒有不惜殺人的極惡傢伙時，就無法取得平衡。這樣一來，如果不向外訴求的話，也許裡面也會發生嚴重的爭吵，組織從內部開始崩潰。

村上 原來如此。就跟納粹不可能不發動戰爭一樣的原理。越是膨脹下去，中央的集中點之類的地方壓力變得越強，這壓力不向外吐出的話，自己就會爆炸。

河合 是啊。無論如何都會對外攻擊。麻原不是一直說嗎？他說我們被人家攻擊。如果不經常把外側放在惡的位置的話，是無法持續的。

村上　美國或 Freemason 等會出現陰謀說也是因為那樣。

河合　所以，真正的所謂組織，自己裡面沒有惡是不行的，在組織內。這在家庭也一樣噢。在家，如果家裡某種程度沒有惡的話也會不行。因為不這樣的話，為了組織安泰，最後就會在外面製造巨大的惡。希特勒所做的正是這個噢。

村上　就是啊。

河合　所以那樣不行。奧姆如果還保持這樣的形式我看也不能長久繼續下去。

村上　這就是河合先生所說的「危險性」嗎？

河合　就是這個。

村上　可是我問信徒們時，還有人不相信地下鐵沙林事件真的是奧姆幹的呢。說他們也許幹了，可是實在難以相信。

河合　我想其實他們相信。大家都認為自己是純粹的，不可能做那種壞事。可是當這種好像不會做任何壞事的人聚集很多過來之後，似乎就會變成不得不做非常壞的事。否則組織無法維持。

村上　在球形般的集合體中，外側雖然是軟的，可是就像剛才也說過的那樣，中心點卻聚集了熱能。外側沒注意到這個。幾乎所有的信徒都這樣說：「我們過著連一隻蟑螂都不會殺的生活，為什麼能去殺人呢？」

河合　那是像卓別林的《凡爾杜先生》（*Monsieur Verdoux*）。那個一直在殺人的傢伙，看到有毛毛蟲時會立刻把牠抓起來，拿去放在花瓣上面。連一隻小蟲都不會殺的人，卻一直在殺人。人這東西真的是沒辦法的生物啊。所以自己的所謂惡這東西自己要負起責任，想辦法怎麼活下去，要有這樣的自覺。

村上　可是在西藏密宗裡，也做跟奧姆大體上同樣的修行對嗎？出家然後做冥想修行。到底什麼地方不一樣呢？

河合　我對西藏佛教並不很清楚。不過像這種惡的問題我想一定會很快速地包含進來喲。在把那翻譯之後帶進來時，不是都會弄得非常單純而容易懂嗎？這是最困難的地方噢，要讓惡活到什麼程度？怎麼行使？這在書裡是最難寫的。

村上　只能實地以經驗傳下去。可是一旦要去解釋時，無論如何就不得不去整合。

河合　人類用頭腦思考事情，把整合過的好事寫出來的話，惡就進不去。以這一點來說，所謂「原罪」是從一開始就有的，這想法真是厲害。西歐人清清楚楚地說「大家都有原罪」對嗎？

村上　換句話說就是指我們本來大家都是從惡中出來的是嗎？

河合　對對。所以就會變成「不管你多努力，人的力量就是沒辦法啊」。基督因此而為我們被釘在十字架上，這樣傳下去。在這一點上那還是非常厲害的宗教。

村上 那跟前世今生善惡的因果報應，相當不同噢！因為所謂因果報應的業，總是有辦法把事情解釋得通。這點，原罪則不管怎麼樣都很難辦到。

河合 不管怎麼樣都很難辦。西歐人為了這個痛苦又痛苦，那個歸那個，還是去殺人。所以不管怎麼樣都可以說很難，只是，以後人會變得聰明一點，不管組織也好家庭也好，我想某種程度還是要認真去思考要怎麼樣一面容納惡一面活下去。想一想該怎麼樣去表現，怎麼樣去包容下去。

村上 不管是奧姆真理教的一連串事件，或神戶少年A的事件，在社會對這些所呈現的某種憤怒中，我不由得感覺到有點異常的東西。於是我想，人類其實在所謂自我的這個系統中經常都懷有類似惡的部分活著的對嗎？

河合 沒錯。

村上 可是如果有人由於某個原因啪一下把那蓋子掀開之後，自己內在所有惡的部分，就會像對照鏡一樣被照出來，讓你不得不正視它。所以我會覺得世間的人也不必那樣亂七八糟的生氣。所以比方說，少年A的照片刊登在雜誌上。為了該不該把那照片登出來而大罵髒話。依我說來，那並不是本質上的問題。我覺得與其去爭論這個，其實還有更重要的事情應該去認真討論的。可是卻把焦點一直往那邊偏過去，變成感情用事的怒氣發洩。或奧姆實行犯的雙親被裝在袋子裡毆打。我覺得這比較像復仇心。總之該說是處罰吧。

河合 大家都喜歡處罰對自己沒有實際傷害的什麼人。因為如果是自己的事的話就嚴重了啊。所以說「那樣的壞傢伙管他照片還是什麼登就登吧」，於是大家就安心了。

村上 去年，我跟先生見面的時候談到關於惡，於是我想了很多，我對所謂惡懷有一種印象，認為惡是人類這個系統中無法割離而一直存在的一部分。那既不是獨立的東西，也不能交換，或將它單獨打擊消滅。不但這樣，我甚至懷疑那東西是不是會因情況不同而有時變成惡有時變成善呢？換句話說，就像如果你從這邊打光看它時那影子就變成惡，如果從那邊打光看它時那影子就變成善了。這樣的話很多事情就可以解釋得通了。

可是確實也有只憑這個還解釋不通的東西。例如看到麻原彰晃，或看到少年A時，會覺得好像也有所謂純粹的惡，或惡性腫瘤之類的東西全部集結出來的情況。有沒有這種東西在體內，引起叫做「惡的照射」的東西呢？這種印象很強烈。雖然我沒辦法說明得很清楚。

河合 我想這還是因為我們的社會想盡辦法視而不見，而且太過視而不見，希望能不看就讓它過去的關係。這樣一來，無論如何僵化的東西總是會一下子冒出來。

例如，少年A事件發生時，因為小孩躲在陰暗的地方做壞事是不行的，所以就把那邊的樹木全部都砍掉。我聽到這個非常生氣。事情完全反過來了。孩子們在大人看不到的地方，自然會做孩子的壞事，他們就是這樣長大的。因為一直總是被大人看著，所以才會發生那樣的事情。我真是生氣。因為我喜歡樹，所以光說是砍樹就夠讓我生氣了（笑）。

我覺得大家心胸都太狹窄，以為拚命監視的話小孩就能長成正派的孩子，沒這回事。只要想一想如果自己被人監視的話會變成多嚴重，就知道了。

村上 關於這個有人肯老實說出來，也有人不肯談，我聽那些進過奧姆的人談話時，滿多人成長的家庭環境還是有問題。我覺得很多例子是在幼小的人格形成期父母親該給孩子正常的愛時，卻亂了，或者不夠，後來才會出問題。

河合 這是非常難的地方。不過以一般論來說，確實可以這樣說。這是怎麼回事呢？這些人不是會在腦子裡一直想很多嗎？當他們又要進入一個非常小的盒子裡去一直鑽牛角尖時，能阻止他們的還是人際關係。還是父親或母親。靠感情。如果感情有在互動，就不會鑽進這麼小的盒子裡了。這不是有點奇怪嗎？這種心情會發揮作用。

村上 您是指平衡感能發揮作用嗎？

河合 是的。就是平衡感。這種能順利運轉的裝置，（如果沒有得到雙親的愛的話）是最難發展成長的。

所以，像他們所說到的類似事情，我想年輕人多多少少也都在想。比方人為什麼要活？這樣做有什麼用？他們會認真的去想很多事情，不過這時剛才所說的那種自然的感情會流動，整體平衡感能發生作用，在這當中逐漸形成自我。可是奧姆的這些人在這種地方卻被切斷了，所以很容易就鑽進裡面去。要說可憐，真的很可憐。

村上 我聽過奧姆的音樂，那種感覺非常強。聽著完全不知道什麼地方好。真正的好音樂說起來總有各種陰影對嗎？就像悲哀和歡喜的陰影一樣。可是在奧姆的音樂裡完全感覺不到這個。只有像在小盒子裡鳴響著而已。既單調，又沒有深度，在這層意義上或許可以說是mesmerizing（催眠性的）。可是奧姆的人卻覺得那是很美好的音樂，所以也請我聽一聽。因為我覺得音樂是跟人的心理連接得最緊密的東西，所以我覺得這有一點可怕。

因此我想就身體性來請教，例如做瑜伽時，會產生某種覺醒噢。但那終究是身體上的。可是整個新世代，尤其是在奧姆真理教，卻不管怎麼樣都把這種physical（身體的、物理的）東西跟metaphysical（形而上學的、純粹哲學的）東西連結在一起。

河合 是啊。所謂現代人總是跟身體性切開來，所以總是用腦過度變得很僵硬。所以為了必須恢復身體性，這些人才會去做瑜伽。而且他們一下子就有感覺。那種覺醒過來的意識，和平常日常意識之間是沒有聯繫的。在那裡會一下子斷掉聯繫。或者說，因為沒有了日常的柵欄，所以他們容易覺醒。而且當這種覺醒，跟日常生活裡的斷絕感之類的東西混合在一起，事情就會變得很嚴重。我們這種人就算冥想，也不會覺醒噢（笑）。

村上 我也是這樣。

河合 對嘛。做冥想的時候，就會想到什麼時候結束啊，好想吃好吃的東西（笑）。反正，如果是更普通的一般人時，就滿腦子想賺錢的事情啦、節稅的事情，根本不需要什麼宗教。因為那邊會變得非常大。於是，跟「靈性」的事情變得完全無關地活著。就算不到這個地步，我們只要稍微學著做出冥想的樣子，因為我們也有煩惱所以不太能順利進去，可是這所謂「有煩惱更要做」有很大的意義。不過這些（去奧姆的）人對付煩惱世界的力量卻太弱了。

村上　所以一下子就頓悟了。實在悟得未免太快了。

河合　有趣的是，說起來悟得太快的人，他們的悟往往對別人沒有幫助。反而是那些經過一番苦難花了很長時間煩惱「我為什麼沒辦法悟呢？為什麼只有我不行呢？」最後才悟的人，往往比較能幫上別人。擁有相當多煩惱的世界，依然能悟所以才更有意義。

村上　我在做運動時，覺得其中也有某種類似覺醒的情形。可是其中並沒有看出精神性的意義。只是想到，怎麼也會有這種情形呢？雖然我說不清楚，不過似乎還能掌握跟周圍的關聯。可是這些人在做著瑜伽一有某種覺醒時，就會一下子往那邊過去。而且放棄跟周圍世界的聯繫。不光是奧姆這樣，我想這可以說是新世代全體的危險性。

不過假設沒有奧姆，總有一天也會有別的同樣的狂信者出現。我這樣想。

河合　絕對會出現。因為有人確實擁有這種才能。只要巧妙地演出，一定會出現同樣的東西。

村上　那麼，發生同樣事件的可能性就很大囉？

河合　我想發生的可能性絕對很大。因此也許不得不想「只要不造成實質傷害，就算出現，也沒辦法」。只是所謂實質傷害這東西很難判斷。例如奧姆也一樣，我想一開始出現的時候是擁有非常正面意義的。所以當時給奧姆真理教好評價的人一定正在傷腦筋。

大家剛開始在規模還小時都各自擁有他們的優點，可是當組織擴大之後，無論如何都會變得很難。就像我剛才說過的那樣，因為擴張越大之後全體的壓力就會變得越大。

村上　可是其中越有「善的東西」，向心力這東西就會發生作用，所以球必然不得不變大。

河合　這是最難的地方。我想麻原起初也相當純粹，應該是相當擁有超人資質的人。可是，就像我剛才說過的那樣，當他一站上某種組織的頂點時就開始墮落了。這是很可怕的。站上頂點之後，大家還是會對他有所期待對嗎？因為大家都期待「這個人知道一切」，所以不得不照著去做，不得不裝樣子。可是他太知道這樣做終究有一天會露出破綻，於是他就借科學的力量來做障眼法。這樣一來已經開始犯罪。

村上　如果是天才宗教家的話能忍受得了這個嗎？

河合　真是天才的人從一開始就不會做這種傻事。例如親鸞就說「我不收弟子」。可是儘管這麼說，後來卻變成那樣龐大的教團。所以，我想今後所謂宗教性的追求只能個人私下做，沒有別的辦法。

村上　好像在唱反調，如果擁有那樣強大精神的人，個人往往不會走向宗教不是嗎？追求宗教的大多數人，我想都是以個人很難活得下去的。

河合　只要不組成堅強的組織就可以呀。只要沒有規定太嚴的寬鬆組織的話。如果想來聚會就來，結束後就解散的話。會有單次單次的聚會。

村上　這我可不太樂觀。看看奧姆的組織就知道，裡頭一定有類似技術管理者。世間的人總有「那樣的精英為什麼會加入奧姆」的疑問，那一點也不奇怪。他們由於各種原因，在廣大的現實世界當不成，卻在迷你的虛擬世界當上了精英而已。也許因為他們害怕走出廣大的世界。我想這些人不管在多小的地方一定都會出現的。

河合　為了不要再出現這種人，我想今後每個人都必須更堅強起來才行。因此教育要好好做好。現在的教育已經完全不行了。我們不能不思考讓每一個人變堅強的教育。可是，沒去上學的孩子居然有十萬人，這倒是相當進步了。文部省能夠容許這個，表示文部省也改變了很多。

村上　這是一件好事。因為我討厭學校。不過，以前某個地方做過調查，我讀了那調查報告，讓日本人選自己最喜歡的語言時，「自由」大概是第四、或第五名左右。要是我的話不管怎麼樣都會把「自由」放在第一，日本人最喜歡的語言卻是「忍耐」或「努力」喲。

河合　哈哈哈，大概是這樣吧。日本可能還是把「忍」放在第一。我就是一直忍耐順從過來的。我是平成的忍者（笑）。

村上 可是在這層意義上，我常常懷疑日本人是不是真的在追求自由。尤其在採訪奧姆的這些人時，特別有這種真實感。

河合 不，日本人還很難理解什麼是自由。雖然大家都喜歡所謂的「任性」。自由是很可怕的噢。

村上 所以就算你對奧姆的人說「你跑出來一個人自由地做嘛」，可能大部分人都會受不了，我有這種印象。大家多少處於「等待指示」的狀態。等待有人給他們指示。沒有指示時並不是「自由的狀態」，對他們來說只不過是暫時的狀態。

河合 雖然沒有必然關係，但可以看佛洛姆（譯注：Erich Fromm，1900-80，美國精神分析學者，生於德國，是新佛洛伊德派的代表人之一，從結合馬克思主義和精神分析的立場進行文明批評）寫的《從自由逃走》。所以說從小就要教育，自由是多麼美好的，多麼可怕的，這是教育的根本。其實我想做這個，可是卻不太能辦到。不過這也可以靠做一些巧妙的事情來達到噢。因為我喜歡這位老師，於是我就常跟這位老師對談，高明的老師會讓小孩自由發展。讓小孩自己去做。於是小孩會做得很不錯。雖然也會做出一點奇怪的小東西，不過奇怪的東西也要讓他們去做。

現在的教育都在灌輸他們各種知識對嗎？所以人生智慧部分的學習反而疏忽了。日本的情況特別嚴重，從小學開始就已經要他們「用功讀書」。用功讀書跟人生根本沒有關係。上次我跟多納德金（譯注：Donald Keene，一九二二年生於紐約，著名的日本通，著有《能．文樂．歌舞伎》、《明治天皇》等書）先生談話，金先生年輕時候為了拿獎學金而非常用功地讀過數學。因為數學容易拿到好分數，對領獎學金非常有幫助。因此在數學上他不知道有多麼用功，可是他說，那樣讀的數學對我的人生一點幫助也沒有（笑）。我說那倒也是。

村上　我只要有時間就會刻意去旁聽開庭審判，可是我看那些實行犯時，總是難免感覺到他們所犯的罪，以罪來說真是很悲哀。雖然說是自己所選擇的路，畢竟多多少少是被精神控制的結果。所以先不管法律上所判的量刑問題怎麼樣，我也無法斷定，作為一個人的責任該追究到什麼地步。我親自見到那麼多受害者，對這犯罪我當然感到非常憤怒，但確實還是不免為他們感到悲哀。

河合　這對日本許多ＢＣ級戰犯的那些人也可以說一樣噢。

村上　這或許終究是體制上的問題。可是這種，把命令狹義地集約式下達給下面的人去執行的體制，不分大小都會自然形成噢。對我來說我覺得那是非常可怕的事。為什麼那種資訊know-how會突然啪一下出現，在相對很短的期間內，就令人無法抗拒地僵化了呢？這是個謎。只能想成喜歡這種現象存在的力量會自然地，或做繭自縛地產生作用。真的跟戰犯的問題很類似。不管審判怎麼判決，一定還會留下問題。

「後記」

後記

為了寫這本書而在繼續採訪時，我只要有時間，就會盡量到東京地方法院去聽地下鐵沙林事件實行犯的公開審判。因為我想知道地下鐵沙林事件的實行犯們到底是什麼樣的人，我想自己親眼看看他們的樣子，親耳聽聽他們實際說的話。而且我也想知道他們現在在想什麼。可是我在那裡實際上看到的，卻是寂寞陰鬱的、沒有救的光景。每次那法院總是令我想起沒有出口的房間。應該是從什麼地方進來的，可是現在卻怎麼也找不到出口的惡夢中的房間。

他們這些被告（實行犯），到了現在幾乎都對教祖麻原彰晃感到失望的樣子。曾經被尊崇為尊師的麻原最終卻墮落到詐騙人的宗教指導者，他們認清了自己被他那狂妄的（只能這樣想）慾望所隨意利用，對於這一點——也就是對順從他的指示犯下嚴重的現世犯罪的事實——深深反省並且感到後悔。他們大多對現在的麻原彰晃，毫無保留地直接稱呼「麻原」而不再冠以尊稱。其中有時還帶有侮蔑的意味。那樣的反省念頭，或者是一種憤怒，我推測應該是發自內心的。因為我無論如何都不認為毫無意義地剝奪許多毫無關係的人的生命，這種殘酷行為是他們自己的本意。可是就算這樣，他們對於自己在人生的某一個時間點，捨棄了現世到奧姆真理教追求精神上的理想鄉這個行為本身，我看並沒有實質上反省或後悔的樣子。至少在我眼裡看來是這樣。

以其中一個表現來說，當他們在法庭被要求對奧姆真理教的教義細節做說明時，往往會使用「一般人對這個可能很難了解」的表現法。我每次聽到那樣的發言時，從那話裡帶有的獨特調子，我總難免會有一種印象，這些人說來說去，還是認為自己站在（比一般人）更高的精神層面上，現在還繼續懷著這種精英意識。「對犯下罪過確實從內心感到過意不去。我們是做錯了。可是那終究因為我們被騙了，是下達一連串錯誤命令的麻原彰晃不對。如果不是因為他精神錯亂了，我們還很和平安穩地，追求著正確的宗教，不會給任何人帶來麻煩。」我可以感覺到他們想這樣說（雖然沒有明白說出來，但言外之意是這樣）。換句話也就是說：「確實發生的結果是罪惡的。我在反省。可是奧姆真理教這個宗教的方向性本身並沒有錯，我不認為有必要連那個部分也完全否定。」

這種對「以方向性來說是對的」不動搖的確信，不只是這次採訪那些一般奧姆真理教的信徒，連現在已經不再是信徒已經站在批判教團立場的原有信徒中，也往往這樣認為。我對他們全體都試著問過「你後悔以前進過奧姆真理教嗎？」做為一個出家信徒脫離現實世界有沒有想過這幾年時間「白白浪費掉了」？他們幾乎異口同聲地回答說：「不，我不後悔。我不認為那幾年是浪費了。」那是為什麼呢？答案很簡單。因為在那裡確實有在現世所得不到的純粹價值存在。就算結果轉變成惡夢般的東西，那光芒所放射的輝煌溫暖的初期記憶，現在還鮮明地留在他們心中，那不是別的東西能夠輕易取代的。

換句話說在這意義上，對他們來說奧姆真理教這個宗教現在仍然可以說是「通電狀態」的。我並不是說他們這些原來的信徒可能有一天還會回到奧姆真理教去。事到如今他們也已經認識到那在結構上是相當危險的組織的事實，也知道他們自己從那裡所穿過的歲月包含了許多矛盾和缺陷。以我所見到的範圍之內，他們要再回去那容器中的可能性幾乎已經沒有了。雖然如此，奧姆真理教的理念，在他們心中還多多少少以一種有生命的原理發生作用，以擁有具體情景的理想鄉，以光的記憶，或以一種印記依然在呼吸著——他們給我這種印象。如果有類似這個有光的什麼再一次咻地在他們眼前出現的話（那或許是宗教，或許是宗教以外的東西），他們心中的某種東西，不管願不願意也許又會被吸引過去。在這意義上，對我們的社會現在最危險的，或許與其說是奧姆真理教本身，不如說是「奧姆式的東西」。

發生地下鐵沙林事件，世間的耳目都集中在奧姆真理教的那個時候，我常常聽到「為什麼這些受了高等教育的精英們，會加入這種莫名其妙的危險新興宗教呢？」的疑問聲音。確實奧姆真理教團的幹部中，有陣容堅強學歷響噹噹的精英們（就算是虛張聲勢也好）大隊排開。世間的人知道之後會大吃一驚也難怪。這些精英把穩穩可以到手的社會地位就那樣輕易拋棄而投奔到新興宗教裡去，讓人不免要懷疑現代的日本教育體制到底出了什麼致命性的缺陷？大家似乎認真地紛紛談論。

可是我在繼續採訪奧姆的信徒和原有信徒時，在那過程中實際強烈感覺到的是，「並非這個人『是精英為什麼卻會』的文脈上，相反的卻可能是，正因為是精英，所以才很容易一下就跑進那裡面去的。」

雖然是個很唐突的比喻，現代的奧姆真理教團這樣的存在，也許很像戰前「滿洲國」的存在。一九三二年滿洲國建國的時候，正好同樣也有一些年輕氣盛朝氣蓬勃的新進技術管理者、專門技術人員、學者們，拋棄了在日本國內大有前途的地位，渡海到大陸去追求充滿新的可能性的大地。他們很多人年紀輕輕、對未來充滿開創性的雄心壯志，擁有高學歷和優越的才能。然而他們感覺只要留在日本這個擁有強制性結構的國家內部的話，那充沛的能量似乎無法有效釋出。因此他們才會毅然從世間的軌道脫出，去追求更具融通性、實驗性的新天地。在這層意義上——只以那本身來看——他們的意志是純粹的，也是理想主義的。何況其中還含有堂堂正正的「大義」。他們可以懷著確實的信心，「我們是走在正大光明的道路上啊」。

問題是其中含有某種重大的缺陷。滿洲國的情況，那某種是什麼呢？現在已經知道那是所謂「正確的立體歷史認識」。從更具體的層次來說的話，那裡面所欠缺的是「語言與行動的同一性」。只有所謂「五族協和」和「八紘一宇」之類好聽的美麗口號自己猛往前衝，背後卻難免產生道義上的空白，暗藏著血腥的現實。而那些野心勃勃的技術幹部則無可避免地被捲進那激烈的歷史漩渦中去。

奧姆真理教事件的情況，由於是發生在同時代的事情，所以現在要在這裡對那某種什麼的內容明快地下定義可能還太勉強。可是我倒認為從廣義上來說，有關「滿洲國」式的狀況中，很多大體相同的情況應該也能適用於奧姆真理教事件中。其中就有「欠缺廣大世界觀」，和從中衍生而來的「語言和行動的乖離」。

許多理科系、技術系的精英們，拋棄現世的利益奔向奧姆真理教的原因雖然各有不同。可是他們可能懷有共通的心情，希望自己所學到的專門技術和知識，能夠應用到更具深長意義的目的上。他們對於要在所謂大資本主義和社會體制這種非人性的功利化大磨坊裡，讓自己的那些資質和努力——還有自己的存在價值——無謂地被剝除，不得不深感懷疑。

在地下鐵千代田線撒沙林，造成兩名營團地下鐵職員死亡的林郁夫，也顯然是這種典型中的一個。他周圍的人都稱讚他是一位「很體貼患者的熱心優秀外科醫師」，也許正因為這樣，使他對充滿各種矛盾和缺陷的現行醫療制度逐漸懷有很深的不信任感，結果他的心就被奧姆真理教所揭示的有實行力的精神世界（一塵不染的純粹理想之鄉）所強烈吸引。

在他的著書《奧姆與我》中，關於他剛出家當時對教團所懷有的印象，這樣記述：

「麻原在說法中，提到有關Shambara化計畫。要建設蓮花村（Lotus Village）。那裡有叫做天星醫院的醫院，也有叫做真理學園的一貫教育學校（中略）。醫療方面使用麻原用冥想從異次元（星象）和前世的記憶所導入的星象醫學，看病人的業障和能量狀態，也考慮死和轉生。（中略）我在充滿綠意的大自然中點點存在的建築群內專心誠意地從事醫療和教育工作，當時所夢想的醫院和學校的樣子和蓮花村的形象互相重疊，合而為一。」

他獻身於這樣的理想鄉，不沾現世的污染繼續嚴格修行，實踐徹底可以接受的醫療，夢想著盡可能讓更多患者得到幸福。當然我承認那動機是純正的，也肯定他在這裡所說理想願景自有他優美壯麗的地方。只是這麼天真無邪的說法跟現實是多麼強烈地乖離，只要退一步想一想的話自然就明白了。在我們的眼裡看來，那簡直就像失去遠近感的奇怪風景畫一樣。可是就算我們是林醫師的私人朋友，對正在考慮出家的他要有效「證明」那乖離性，我想都是非常困難的事（或許現在都還真的很困難）。

可是老實說我們對林醫師該說的事情，本來是非常簡單的。那就是：「所謂現實，本來就含有混亂和矛盾所成立的，如果排除混亂和矛盾的話，那已經不是現實了。」「還有，就算你以為順著猛一看是整合的語言和理論去做，以為已經順利排除現實的一部分了，可是那被排除的現實，一定會埋伏在什麼地方等著對你展開報復。」

雖然這麼說，我想林醫師大概也不會被這說法所說服。他經常尖銳地反駁專門用語和印成說明書的邏輯，滔滔不絕地敘述自己所要進行的道路是多麼正確美好。而我們可能沒有有效的說服語言可以超越那邏輯。結果也許便在某個地點不得不啞口無言。很遺憾的是，缺乏現實性的語言和理論，往往比含有現實性（因此不得不像受到壓制般一一含帶著夾雜物拖著行動）的語言和理論更強而有力。而我們就在互相不了解彼此的語言之下，各自朝不同的方向分道揚鑣了。

林郁夫的手記很多部分會讓我們停下來，深入思考。而我們心中則同時擁有「這個人為什麼非要走到那種地方去不可呢？」這種率直的疑問，和「可是我們可能也沒有對策可想吧」的無力感。這使我的心情變得不可思議地悲哀。最讓我感到空虛的是，對「功利社會」應該採取最高批判態度的人，說起來可能卻以「理論上的功利性」為武器，讓許多人因而破滅。在世間流傳的某種新世代論調往往讓我們感到不寒而慄，並不因為那是「超現實」的，那終究只不過是現實單薄表層的戲劇化而已。

可是又有什麼地方的什麼人會想「不，我只是個微不足道的人，所以就算在社會體系的齒輪中被削除死去也沒關係」？我想我們多多少少總是對自己在這個世界這樣活著的意義，以及不久將死去消失掉的意義，想盡可能親自確認。真摯地追求這樣的答案的行為本身，不用說，是無可厚非的。雖然如此，在某個地方開始致命的「扣錯扣孔」，現實的相貌逐漸一點一點開始扭曲歪斜。應該可以到達的地方，一不留神時，卻已經變成不是自己所追尋、想到達的地方。就像馬克．史特蘭德（Mark Strand）的詩所說的那樣，在那裡「山已經不是山，太陽已經不是太陽」了。

為了不再出現第二個、第三個林郁夫，我們的社會對一連串奧姆真理教事件以悲劇形式所浮雕出來的這些問題，現在是不是應該徹底從根本來思考一次看看呢？世間好像有許多人，看來似乎把一連串奧姆真理教事件當作「已經過去的事情」來處理。那雖然確實是很大的事件，犯人幾乎都已經被逮捕，事情也告一段落，跟自己已經沒有直接關係了。可是在狂熱地追求宗教意義的人，大半都不是異常的人。既不是落伍者，也不是奇怪的人。他們是生活在你我周圍的普通（或者因看法而別，是比普通更普通的）的人。

他們或許有點想太多了。也許心裡稍微有點受傷。或許他們無法順利跟周圍的人真心溝通，而有一點煩惱。或許不能順利找到自我表現的手段，而在自尊和自卑之間激烈地來回掙扎。那可能是我，也可能是你。我們的日常生活和含有危險性的狂熱宗教分隔的一面牆，或許遠比我們所想像的要來得薄也不一定。

（本文中關於林郁夫的著書《奧姆與我》，是根據發表於九八年十月號《本之話》雜誌中的文章）

AIP0981

約束的場所—地下鐵事件II

作　者—村上春樹
譯　者—賴明珠
編　輯—羅珊珊
翻譯審訂—李佳翰
校　對—吳如惠

發 行 人—趙政岷
出 版 者—時報文化出版企業股份有限公司
10803台北市和平西路三段二四〇號四樓
發行專線—（〇二）二三〇六六八四二
讀者服務專線—〇八〇〇二三一七〇五　（〇二）二三〇四七一〇三
讀者服務傳真—（〇二）二三〇四六八五八
郵撥—一九三四四七二四時報文化出版公司
信箱—台北郵政七九～九九信箱
法律顧問—理律法律事務所　陳長文律師、李念祖律師
印　刷—盈昌印刷有限公司
二版一刷—二〇一八年十一月三十日
二版二刷—二〇一九年一月二十一日
定　價—新台幣三二〇元
（缺頁或破損的書，請寄回更換）

時報文化出版公司成立於一九七五年，
並於一九九九年股票上櫃公開發行，於二〇〇八年脫離中時集團非屬旺中，
以「尊重智慧與創意的文化事業」為信念。

ISBN 978-957-13-7620-2
Printed in Taiwan

約束的場所：地下鐵事件. II /
村上春樹；賴明珠譯. -- 二版. -- 臺北市：時報文化, 2018.11
面；　公分.

ISBN 978-957-13-7620-2（平裝）

861.67　　107019945